KB046063

The Slave of the "Black Knights" is
Recruited by the "White Adventurer's Guild"
as a S Rank Adventurer

CONTENTS

"자, 잠깐만.
이상한 타이밍에 지드의 눈가리개가
풀리거나 하면 싫어."

"자, 지드도 들어가자."

커버 그림, 본문 일러스트 | **유우야**

제 3 장

아스테라교는
회색틱

The Slave of the "Black Knights" is
Recruited by the "White Adventurer's Guild"
as a S Rank Adventurer

2

제1화 진·아스테라교

카리스마 파티 결성 이야기가 끝나고, 길드 마스터실에서 나와 아래로 내려갔다.

옆에는 함께 대화에 참여한 실라와 쿠에나가 있었다.

"으으음~."

실라가 볼을 부풀리면서 불만스러운 목소리를 냈다.

옆에서는 쿠에나도 나를 원망스럽다는 듯이 째려보고 있었다.

"파티를 겸임할 수 있으면 빨리 말하라고."

"미안. 리프가 즐겁게 웃고 있어서 말하려야 말할 수 없었어."

"그 바보 길드 마스터……."

찌르기 이미지 트레이닝이라도 하는지 쿠에나가 팔로 허공을 쉭쉭 갈랐다.

그러고 보니 쿠에나와 리프는 사이가 상당히 좋은 것 같은데 무슨 관계일까. 단순히 업무상으로만 대하는 사이로는 안 보이는데.

문득 실라가 내 얼굴을 들여다봤다.

"그래서 지드는 파티에 관심 없어?"

"음, 길드에서 직접 맺으라고 지시하는 게 아니라면 딱히. 그래서 카리스마 파티에는 들어갔지만, 지금까지 해온 것처럼 혼자서도 부족함은 없으니까 파티를 맺을 생각은 없어."

"카리스마 파티라⋯⋯."

실라가 턱에 손가락을 대고 사유(思惟)에 잠겼다.

결국엔 실라도 쿠에나도 실력을 보면 카리스마 파티 가입은 문제가 없다는 것이 리프의 견해였다.

하지만 이 카리스마 파티에 있어서 중요한 건 실력이 아니다. 지금까지 쌓은 명성이 선정에 큰 영향을 끼친다.

길드는 S랭크를 조건으로 걸었지만, S랭크가 될 수 있는 것은 1년에 한 명뿐이다. 올해는 내가 이미 S랭크가 되었으니, 다음 S랭크가 탄생하는 것은 내년 이후다.

쿠에나나 실라가 내년쯤에 S랭크가 되면 카리스마 파티에 가입할 수도 있겠지만⋯⋯.

이건 그렇게까지 시간적인 여유가 있는 안건이 아니다.

"뭐, 실라는 A랭크 승격에 아직 시간이 걸릴 테니까 들어간다면 내가 먼저겠네."

"내년엔 A랭크가 될 거야."

"그래? 적어도 왕도에서는 의뢰가 없으니까 어려울 거야."

"으으으~⋯⋯!"

화를 돋우는 것처럼 보이지만 적절한 조언이었다.

왕도에 있었던 대부분의 의뢰는 내가 빼앗아버렸기 때문이다.

"왕국의 변경에 가면 아직 의뢰가 많이 있어. 최근에 마족과의 분쟁이 잦다고 하니까."

"음~…… 신성 공화국은 어떨까? 두 번이나 마물에 습격당했으니까 의뢰가 많지 않을까?"

실라가 물었다.

쿠에나는 의외로 정보통이라서 실라가 신뢰하는 것 같다.

"그럴 리가. 갑자기 습격을 받아서 피해가 좀 나왔을 뿐이지, 신성 공화국에는 열강과 맞먹는 군사력이 있어. 게다가 각지에서 다친 사람들을 찾아다니던 성녀와 주력부대도 돌아왔고."

"역시 중립국……. 타국의 간섭을 물리칠 힘 정도는 있다는 거구나."

"뭐, 어딘가에 있는 괴물이 공헌해서 최소한의 피해로 끝난 게 크지만."

하하, 어디에 사는 괴물일까.

쿠에나의 시선이 나에게 꽂혔다.

"난 마물의 토벌을 맡아서 제국과 드래곤을 집으로 돌려보냈을 뿐인데."

"그걸 괴물이라고 말하는 거야……. 아무튼 아까도 말했지만, 우리에게 가장 유리한 건 힘이 약해진 크제라 왕국의 변경이야. 각지의 용병단도 모이고 있고, 왕국도 마족 토벌에 돈을 아끼지 않는다고 해."

"하지만 왕도를 벗어나면 당분간 지드와 못 만나잖아……."

실라가 눈물을 글썽였다. 마치 버려진 강아지 같은 불쌍한 얼굴이었다. 내가 뭔가를 한 것은 아니지만 마음이 아팠다.

길드의 의뢰가 있다면 나도 같이 변경으로 가고 싶어질 정도였다.

그런 생각을 하며 길드 로비로 나오니 의뢰 접수처에서 다투는 집단이 눈에 들어왔다.

"그러니까 그 의뢰는 심의를 받지 않으면……!"

"어, 어째서인가요! 우리는 숭고한 명을 받아서……!"

선두에 서 있는 건 녹색 머리칼을 가진 10대 전반 정도의 소녀였다.

소녀와 함께 있는 사람들은 나이와 성별이 제각각이었다. 젊은 여성도 있는가 하면 나이 든 남성도 있었다.

"뭐야, 저거?"

내가 중얼거린 말에 쿠에나가 반응했다.

"'진·아스테라교'의 사람들이야. 최근 활발하게 움직이던데, 뭔가 의뢰를 하러 온 게 아닐까."

"진·아스테라교?"

"응. 신성 공화국이 국교로 삼고 있는 아스테라교는 가짜고, 자기들이 진짜라고 주장하는 집단이야."

"흐음, 그런 녀석들이 왜 길드에?"

"길드에 포교를 도와달라고 부탁하러 온 게 아닐까? 하지만 길드는 특정 세력을 우대하지 않고, 길드에 소리아가 있는 이상 아스테라교와 문제를 일으키는 건 피하겠지."

나는 쿠에나의 말을 듣고 납득했다.

소리아는 모험가 길드의 S랭크 모험가이고, 카리스마 파티의 이야기가 막 나온 참이니 쓸데없이 자극하고 싶진 않을 거다.

"……일단, 다짐을 받아둬야겠는데."

쿠에나가 싸늘한 시선으로 나를 봤다.

"무슨 소리야?"

"이해 못 하는구나……. 괜히 이상한 일에 끼어들지 말라는 거야. 매번 널 중심으로 이상한 일이 일어나는 것 같은 느낌이 드니까……."

"그건 착각이야. 내가 없어도 문제는 매일 일어나고 있어."

"문제의 심각성이 다르다고."

쿠에나가 딴지를 걸었다.

뭐, 이 문제는 길드가 거절할 정도로 성가신 안건이다. 나도 무턱대고 끼어들 생각은 없었다.

결국 진·아스테라교 집단은 아무런 수확 없이 밖으로 나갔다.

"그럼 난 왕국 변경에 가서 포인트를 쌓고 올게! 금방 돌아올 테니까 기다려, 지드!"

실라가 손가락을 나를 척 가리키며 말했다.

정말로 내년에 S랭크 시험을 치기 위해 포인트를 모을 생각인 것 같다.

나는 손을 흔들며 열심히 하라고 말했다.

"그럼 나도 실라를 따라갈게."

"너도?"

"응. 실라를 따라 하는 건 아니지만, 기다려, 지드."

"오~."

쿠에나도 열심이었다.

카리스마 파티에 들어가면 언니가 자신을 다시 볼지도 모르니까.

자 그럼, 난 어떻게 할까.

쿠에나와 실라가 변경을 향해 출발한 후, 나는 혼자 남아 길드의 거대한 게시판을 바라보고 있었다.

이전보다 게시판에 붙은 의뢰가 다소 늘어났지만, 느낌이 딱 오는 건 없었다.

또 적당히 D나 C의뢰를 받을까…….

(음…….)

하지만 이제야 다시 왕도에 모험가가 돌아오기 시작한 참인데, 내가 또 의뢰를 받으면 그들의 생활에 문제가 생기지 않을까.

돈은 지금도 여유가 있다. 적어도 돈 문제로 죽을 일은 없다.

어쩔 수 없군. 당분간 휴식에 들어갈까. 기다리다 보면 또 지명의뢰나 긴급의뢰가 오겠지.

만약 아무 일도 없다면 쿠에나나 실라처럼 변경으로 가는 방법도 있다. 혹은 다른 나라의 길드 지부에 가는 것도 괜찮다.

오랜만에 숙소에서 먹고 자는 생활을 즐기자.

숙소로 돌아가는 도중에 노점이 많은 길로 접어들었다. 축제 때만큼 활기차거나 노점이 많지는 않았지만 여전히 다양한 물건을 팔고 있었다.

그중에는 내가 좋아하는 꼬치구이도 있었다.

"아저씨, 꼬치 세 개 줘."

"그래. 동화 세 개지만 지드 형씨에게 다들 신세를 지고 있으니 두 개만 받을게. 그래봤자 형씨한테는 푼돈일지도 모르지만. 카하하하!"

붙임성 좋은 아저씨가 값을 깎아줬다. 꼬치를 받아드니 미리 만들어 둔 건데도 여전히 따끈따끈했다.

나는 즉각 하나를 입 안 가득 물었다. 맛있다.

문득 고개를 돌리니 길가에서 전단을 나눠주는 사람들이 눈에 들어왔다.

아까 길드에서 의뢰를 거절당한 사람들이었다.

(다들 열심이네.)

그런 느긋한 감상을 품으며 꼬치 두 개째를 입 안 가득 물었다.

쿠에나가 그들과 엮이는 걸 피하라고 했으니 길을 돌아가야 할 것 같다. 저들에게 붙잡혀서 이상한 권유를 받으면 일이 어떻게 될지 알 수 없다.

내가 그들을 피해 뒷골목으로 돌아서 가려고 한 순간.

"비켜! 방해된다고, 썩을 것이!"

"죄, 죄송합니다."

"칫, 지금부터 일해야 하는데 쓰레기 같은 걸 나눠주고 자빠졌어!"

길을 걷는 남자가 소녀를 밀쳤다.

약간 방해가 됐을지는 몰라도 과하게 권유하지는 않았을 것이다.

애초에 길이 그렇게 좁지도 않았다. 나는 오히려 남자 쪽이 시비를 거는 것처럼 느껴졌다.

아니나 다를까, 곧장 교단의 면면들이 소녀를 밀친 남자를 둘러쌌다.

싸움이 일어나면 남자가 불리하지만, 그는 그런 상황도 헤아리지 못한 것 같았다.

"뭐, 뭐야."

"이 자식…… 잘도 스피 님을!"

"기다리세요!"

일촉즉발의 상황에 쓰러진 소녀가 끼어들어 그들을 말렸다.

그러자 교단 사람들이 곧장 물러섰다.

"죄송합니다. 방해되지 않도록 조심하겠습니다."

화를 낼만도 한데, 소녀는 도리어 남자에게 머리를 숙이고 사과했다.

남자는 거북한 듯이 콧방귀를 끼고 떠나갔다.

"괘, 괜찮은가요, 스피 님."

이 사태를 보고 뒤늦게 몰려온 교단 사람들이 소녀 앞으로 모여들었다.

아무래도 소녀에게 큰 상처는 없는 듯했다.

뭐 기껏해야 찰과상 정도겠지.

"이 정도는 괜찮아요. 그보다 포교를 계속하죠. 이대로는 늦을 거예요. 좀 더…… 좀 더 빨리."

그녀의 표정은 다소 필사적이었다.

난 세 개째의 꼬치구이를 입에 물었다.

그들의 포교 활동은 숙소 창문으로도 볼 수 있었다.

난 그 모습을 멍하니 바라보고 있었다.

과연 그들이 쿠에나가 그렇게 말할 정도로 조심해야 할 상대일까?

길드가 특정 세력을 우대해서는 안 된다는 도리는 알겠지만, 포교 정도는 도와도 괜찮지 않나? 그렇게 하면 카리스마 파티에 성녀인 소리아가 있는 것도 포교로 활용할 수 있을 텐데.

……아무래도 한가하니 이런 쓸데없는 생각이 들었다.

나는 S랭크이니 어떻게 해도 길드에 영향을 미칠 거다. 그들 뒤에 내가 있다는 식으로 소문이 퍼지면 문제가 될 수도 있다.

길드에 폐를 끼칠 수는 없다.

내가 '나'로서 그녀들과 엮이는 것은 좋지 않다.

하지만 그녀들이 아스테라교를 부정하는 이유는 무엇일까.

아~ 좀이 쑤신다. 물어보고 싶다. 호기심이 멈추질 않는다.

……아! 가까운 노점에서 가면을 팔고 있었지!

머리 위에 뿅 하고 느낌표가 떠오른 듯한 느낌이 들었다.

◇

이튿날. 그 종교집단은 여전히 포교를 이어가고 있었다.

나는 어제 떠오른 아이디어를 이용해 그들의 이야기를 들어보기로 했다.

즉각 가면을 파는 노점을 찾아가 눈 부분이 파여 있는 하얗고 수수한 가면을 샀다.

여러모로 참신한 가면이 많았지만, 이 가면이 가장 쌌기 때문에 이걸로 했다.

가면의 끈을 귀 위에 얹어서 머리를 한 바퀴 두르고 묶은 다음에 열심히 포교 활동 중인 그들에게 다가갔다.

"이거 받으세요!"

신자 중 한 사람이 싱글싱글 웃는 얼굴로 내게 전단을 건넸다.

이렇게 수상한 분위기를 풀풀 나는 사람한테 용케도 말을 거는구나.

나는 내심 감탄하면서 순순히 전단을 받아 보았다.

전단에는 '진 · 아스테라교'라는 글자가 큼지막하게 적혀있었다.

그 글자 밑으로는 여신에게 기도하는 올바른 방법과 올바른 여신 상을 구분하는 법 등이 적혀있었다.

"저기, 물어보고 싶은 게 있는데."

나는 내게 전단을 건넨 신자에게 말을 걸었다.

그러자 신자는 변함없이 웃는 얼굴로 대답했다.

"네, 무슨 일인가요?"

"아스테라라는 여신을 잘 모르는데, 정말로 신이 있는 건가?"

"네, 물론이죠. 역대 용사 파티 분들이 여신님을 뵙거나 기도를 드리고는 했으니까요."

"기도를 드린다는 게 구체적으로 뭘 하는 거지?"

"기도를 드린다는 것은 여신님께 마력을 바친다는 뜻입니다. 기도가 마력을 타고 여신 아스테라 님께 가는 거죠."

"……그렇군."

마력을 빨리는 건가. 좀 무서운데. 마력을 빨린다는 건 힘을 빼 앗긴다는 의미다.

하지만 그간 들은 이야기로 보자면 여신은 몇 번이고 인간이나 다른 종족들을 구원해왔을 것이다.

그런 실적이 있으니까 신자들이 믿고 마력을 내놓는 것이리라.

아스테라교와 진·아스테라교…….

더더욱 흥미가 샘솟는다. 역시 사람이 한가해서 그런가.

"그럼 당신들의 기도가 진짜로 아스테라에게 닿고 있다는 증거 는 있어?"

중요한 것은 이 점이다.

"……없습니다."

남자가 분한 듯이 이를 꽉 깨물었다.

즉 사람들을 납득시킬만한 힘은 없단 거군.

아마 두 종교를 놓고 고르라고 한다면 대부분은 이미 유명한 아스테라교를 지지할 거다. 그게 사람의 심리다.

"하지만 요즘 아스테라교 신자의 조잡한 대우와 악평이 퍼지고 있습니다. 사실은 저도 원래는 아스테라교 신자였습니다."

"음, 전 신자였나."

당사자의 말이라면 신빙성이 아예 없지는 않겠군.

나는 종교에는 그다지 관심이 없어서 악평조차 들은 적이 없지만.

"어떤가요?! 당신도 부디 진·아스테라교에!"

신자가 훅 다가왔다.

권유 정신이 정말 왕성하다.

"미안하지만, 지금은 관심이──."

"썩을 이교도가! 또 내가 지나가는 걸 방해하고 있어!"

그때 귀동냥이 있는 목소리가 들려왔다.

바로 어제 소녀를 밀쳤던 그 남자였다. 어제보다 더 짜증이 났는지 오늘은 돌까지 던지고 있었다. 그가 던진 돌이 포교에 힘쓰고 있던 작은 소녀의 이마에 맞았다.

"꺅!"

"괘, 괜찮은가요, 스피 님!"

"이 자식! 잘도 스피 님을!"

소녀가 작은 비명을 지르며 땅에 엉덩방아를 찧었다.

아무래도 저자에게 또 트집이 잡힌 모양이다.

하지만 이번에는 행동이 너무 과격했다. 신자들의 얼굴에 분노가 피어오르는 게 보였다. 노점을 연 사람들과 우연히 지나가던 사람들조차 남자에게 적의가 담긴 시선을 보냈다.

당장이라도 남자를 둘러싸고 뭇매질을 할 것만 같았다.

하지만,

"괘, 괜찮아요."

소녀가 서둘러 사람들을 제지했다.

그 말에 따라 모두가 동작을 멈췄다.

(이만큼 노골적으로 생트집 잡았는데도 말리는 건가.)

신자들은 길을 막지도, 지나가는 사람을 방해할 정도로 붙잡지도 않았다. 이건 명백하게 저 남자가 무례하게 행동한 거다.

나는 소녀의 도량에 감탄했다.

게다가 이 자리에 있는 누구 하나 소녀를 무시하지 않았다. 의연한 목소리에 타고난 카리스마가 깃들어 있었다.

"죄송합니다. 저희가 길을 막아서 방해되는 게 아니라, 포교 활동이 거슬리셨군요."

"어, 어어……."

남자가 거북한 듯이 수긍했다.

스피라고 불린 소녀의 이마에서 피가 흐르고 있는 탓이었다.

마음을 가라앉히고 자신이 한 일을 반성하고 있을 것이다.

"죄송합니다만, 저희는 이대로 물러설 수 없습니다. 지금 세상은 잘못된 방향으로 가고 있습니다. 저희는 이를 막기 위해서라도 활동을 계속해야만 합니다."

소녀는 솔직하게 그렇게 말했다.

똑 부러지게 사과하고, 그리고 의지를 관철했다.

"……어떻게 그렇게 당당할 수 있는 거지? 왜 아스테라교에 맞서는 거냐!"

"아스테라교가 잘못됐기 때문입니다."

"그럴 리가 있나! 너희 편을 들어주는 건 이상한 녀석들뿐이잖아! 실제로 너희 전단을 받아든 건 녀석은 거기 있는 수상한 하얀 가면을 쓴 남자뿐이잖나!"

……수상한 하얀 가면?

나는 주위를 둘러봤지만, 그런 사람은 없었다.

응, 뭐, 그야 내 얘기겠지.

저기, 그 뭐냐. …………미안.

"아뇨. 지금은 많지 않지만, 아스테라교의 현재의 상태에 불신감을 품은 분들이 진·아스테라교에 입교하고 있습니다. 그뿐만이 아닙니다. 종교에 관심이 없었던 분들도 저희의 이야기를 들어주고 계십니다."

"누, 누가 너희 이야기를 들어준다는 거냐?!"

"계속해서 목소리를 내면 언젠가는 답을 얻을 겁니다. 그것이 긍정이든, 부정이든. 민폐라고 해도 저희는 올바르다고 생각하는 일을 할 겁니다. 이 길이 올바르면 지지를 받을 것이고, 잘못되었다면 햇빛을 볼 수 없겠죠."

"……큭."

남자가 고개를 숙였다.

분해서 움켜쥔 손에 힘이 들어가 있는 듯했다.

"말씀해주세요. 당신에게 뭔가 안 좋은 일이 있었나요?"

소녀가 상냥하게 물었다.

남자는 떨면서 고개를 끄덕였다.

"그래. 직장에 쓰레기 같은 상사가 있는데 말이다. 매일매일 굽실거리고 비위를 맞추기 위해 웃고……. 가족을 위해서 참고 있지만, 이러고 있으면 언젠가 미치는 게 아닐까 싶었지……. 그런데 당신들은 나와 다르게 들어주는 사람이 없어도 항상 당당했지. 그 모습을 보고 있으니 느닷없이 화가 났어."

남자가 자신의 심정을 토로했다.

그런 남자의 말을 소녀가 "네, 네" 하고 맞장구를 치며 들어줬다.

그렇군.

적어도 나쁜 사람들 같지는 않다. 진 · 아스테라교에 살짝 흥미가 생겨버렸다.

◇

진・아스테라교의 활동을 지켜보기 시작한 지 수일이 지났다.

아무래도 스피라는 소녀가 진・아스테라교의 중심인물인 듯했다.

그녀와 일행은 오늘도 왕국을 거점으로 삼아 열심히 포교 활동을 이어가고 있었다.

각국과의 분쟁이 연일 이어지는 이 혼란이 신자들을 모이게 하는 걸까.

그런 생각을 하고 있으니 모험가 카드가 붕붕 진동했다.

아무래도 리프가 나를 부르는 모양이었다.

나는 적당히 준비를 끝내고 길드로 향했다.

◇

"갑자기 불러서 미안하구먼."

길드 마스터실에 도착하니 리프가 변함없는 모습으로 의자에 앉으면서 나를 맞아주었다.

일단 나도 자리에 앉았다.

"항상 있는 일이잖아. 그래서 무슨 일이야?"

"음, A랭크 긴급의뢰네."

"오, 오랜만이네. 이번엔 어떤 거야?"

"……A랭크 의뢰에 이렇게 긴장감 없는 태도로 임하는 녀석이

어디 있나."

"내겐 항상 있는 일이잖아?"

"네 입으로 말하는 거냐. 아니, 뭐 확실히 그렇지만……."

리프는 약간 체념한 얼굴이었지만, 아마 입장이 반대였다면 리프도 나와 똑같은 태도였을 거다.

기사단에서 스카우트되었을 때는 피곤해서 확인할 겨를이 없었지만, 그녀 또한 끝이 보이지 않는 힘을 지니고 있다.

이 어린 소녀는 무섭다.

"의뢰 내용은 왕국과 마족령의 경계선에서 일어난 분쟁을 돕는 것이네. 물론 왕국 측을."

"마족과 분쟁이라고?"

저번에 마족과 인간 사이에 싸움이 없는 시대가 이어지고 있다고 들었던 거 같은데.

충돌이 있어도 작은 전투 정도라고 했다. 그런데 분쟁이라니?

"사실은 일부 마족의 움직임이 활발해졌네. 어느 정도의 규모인지는 모르겠지만 소문으로는 7대 마귀족도 움직이고 있다는데……."

"호~. 그런가."

"뭐, 어디까지나 소문이지만."

마족에 대해서는 잘 모른다.

당연히 그 7대 마귀족인가 뭔가 하는 것도 모른다.

하지만 열강인 왕국과 분쟁이 일어날 정도의 세력이라면 무시할 수는 없을 것이다.

"왕국의 용병단은? 상당한 수를 고용한 걸로 아는데, 그것만으로는 해결이 안 돼?"

"아무래도 마족이 용병단만으로는 감당할 수 없을 만큼 힘을 기른 모양이네. 옛날과는 비교도 안 되는 실력이라더군."

"흠."

평화를 틈타서 엄청나게 단련한 걸까.

게다가 왕국은 각국과 싸워서 전력을 소모한 상황이고.

아무튼 상황이 안 좋은 모양이다.

"이야기가 일단락됐으면 나도 질문해도 될까? 진 · 아스테라교의 의뢰는 왜 받아주지 않는 거야? 아무리 수상하다고 해도 의뢰는 의뢰인데."

그렇게 물으니 리프가 복잡한 표정을 지었다.

역시 뭔가 있을 것이다.

"그 왜, 전에 이야기한 카리스마 파티 건이 있잖은가."

"나와 소리아가 멤버로 내정되었다고 했었지."

"음. 그녀는 어려서부터 신도로 활동했네. 그녀의 실적은 아스테라교의 실적이나 마찬가지고, 그녀가 이만큼 성장한 것도 아스테라교의 뒷배가 힘을 주었기 때문이지. 카리스마 파티를 만드는 판에 소리아가 영향력을 상실하게 할 수는 없는 노릇 아닌가."

"……아아, 이해했어."

쿠에나의 예상대로였다. 모험가 길드는 굳이 아스테라교와 척

져서 좋을 게 없다.

그래서 그들과 적대적인 진·아스테라교와 관계를 맺을 수 없는 것이다.

표면적인 이유는 특정 세력 비호 금지지만, 눈치를 보는 것이다.

그런 사정이 있다면 어쩔 수 없지만…….

나는 뒤로 손깍지를 끼고 머리를 기대면서 천장을 봤다.

"하지만 진·아스테라교 녀석들이 나쁘다는 생각은 안 든단 말이지."

나는 그렇게 불평했다.

"자네가 하고 싶은 말은 잘 알고 있네. 아스테라교의 악평은 이 봄의 귀에도 들어왔으니 말이야."

"정말 악평이 돌고 있는 건가?"

"최근에는 숨길 생각도 없는 게 아닐까 싶을 정도니까. 헌금을 과하게 요구하는 건 물론이고 자칫 여신 아스테라를 우롱하는 듯한 말도 들려온다네."

"와, 진짜?"

진심으로 싫다는 듯이 리프가 표정을 일그러뜨렸다.

그녀도 소리아 건이 없었다면 별로 사이좋게 지낼 생각은 없었던 모양이다.

그렇다면 진·아스테라교의 이야기가 사실일지도 모른다.

뭐, 그래도 결국 포교 활동을 돕거나 하지는 못하지만.

나도 길드의 간판을 짊어지고 있다. 길드에 폐를 끼칠 수는 없다.

게다가 진·아스테라교는 손을 빌리지 않더라도 지지를 모아 나갈 것이다.

그 스피라는 소녀를 보고 있으면 그런 생각이 든다.

"뭐, 만약 소리아에게 새로운 뒷배나 명성을 드높일 다른 실적이 생기면 이야기가 달라지겠지만."

리프가 도전적인 눈으로 바라봤다.

아무래도 나에게 기대를 하는 듯했다.

그 말은 내가 진·아스테라교를 도우라는 뜻일까.

"……귀찮으니까 난 안 움직일 거야. 한가하고 한가해서 어쩔 수 없을 때 다소의 흥미가 있으면 할게."

내 본질은 나태다.

부지런히 돌아다닌 건 단순히 노예근성이 몸에 배었을 뿐이다.

그러니 결코 일이 아닌 한, 그리고 할 일이 없어서 너무 한가한 경우가 아닌 한은 적극적으로 움직이는 일은 없을 것이다. 기분 따라 바뀔 수도 있지만.

스피 일행에게 이야기를 들으러 간 것은 그저 변덕이었다.

"그런가. 그대라면 언제나처럼 뭔가 일을 저지를 줄 알았다만."

"난 아무것도 저지르지 않았잖아. 주위가 멋대로 움직이고 있을…… 뿐이고……."

"단언하지 못하잖나. 자신이 없는 모양이구먼."

"시끄러워."

리프가 즐거운 듯이 싱글거리더니 내게 긴급의뢰 종이를 건넸다.

아무래도 그녀와 시선을 맞추기 어려웠던 나는 눈을 피하면서 그 종이를 빼앗듯이 받았다.

제2화 만남

한동안 이어졌던 평화에 종지부가 찍히고 크제라 왕국의 경계선은 진통을 겪고 있었다. 크제라 왕국의 내란을 틈타고 각국이 침략하거나 마족이 사람들을 공격하기 시작한 탓이었다.

인간과 마족은 정전협정으로 전면전쟁이 될 만한 싸움을 하지 않겠다고 약속했다. 만약 마족의 7대 마귀족 중 누군가와 인간의 국가가 충돌하면 전쟁 확대를 방지하는 차원에서 다른 7대 마귀족과 인간의 나라들은 양자의 싸움에 간섭하지 않기로 되어있다.

하지만 이번 싸움은 상황이 조금 복잡했다. 최강의 군사력을 자랑하는 제국을 필두로 많은 나라가 국경선을 바꾸기 위해 움직였고, 절망적인 상황이에서 왕국은 분전하여 영토의 3할이 침식당한 시점에 침공을 막아냈다. 그런데 마족이 이 틈을 노리고 2차전을 시작한 것이다.

"말도 안 돼! 붉은 사자 용병단이 당했나!"

"원군으로 왔다는 질서와 붕괴 용병단은?!"

"거긴 이미 늦었어! 일단 전선에서 후퇴시켜!"

성난 목소리와 비명이 뒤섞였다.

그들은 모든 것이 다 불타버린 벌판에서 싸우고 있었고, 뒤에는 검은 연기를 수없이 피우며 무너져가는 마을이 있었다.

이름난 용병단을 고용해도 연계를 하지 못하면 오합지졸. 전황이 호전될 기미는 없었다.

게다가 이번에는 그뿐만이 아니었다.

"어떻게 된 거냐, 괴물뿐이잖아!"

그렇게 누군가가 외쳤다.

전장은 이상한 분위기에 휩싸여 있었다.

하나의 용병단이 총력을 기울여도 단 한 명의 마족을 상대하기 급급했다.

종족적인 우위는 마족에게 있다.

마족의 마력과 신체 능력은 인간에 비해 월등하게 뛰어나다.

하지만 인간은 항상 수적 우위를 점해왔다. 수는 지혜가 되고 힘이 된다.

그러나 용병단이 한 명의 마족을 겨우 상대하는 상황은 유례없는 상황이었다.

"아아…… 젠장. 젠장……! 아스테라 님……!"

한 병사가 죽어가고 있었다.

그는 복부에 주먹 크기의 구멍이 뚫려 쓰러져 있었다. 그리고 여신 아스테라에게 기도하면서 목에 건 펜던트를 꽉 쥐었다.

은색 동전 모양을 한 펜던트는 여신을 본뜬 형태가 조각되어있었다. 그것은 아스테라교가 판매하는 여신 아스테라에게 기도를 올리는 펜던트였다.

미약하지만 펜던트에 병사의 마력이 흡수되었다.

이것이 바로 여신 아스테라가 존재한다고 주장하는 이유였다.

그리고 전장에 있는 병사는 '힘'이 되는 마력을 깎아내면서까지 믿는다. ──기적을 몇 번이나 일으킨 여신 아스테라를.

하지만.

"흐하하하! 고생하는군!"

"끄아악!"

"소용없다! 떼지어 덤빈들 이 루이르데 님조차 상대하지 못하잖나!"

홀로 용병단을 유린한 마족이 죽어가는 병사를 격하게 흔들었다.

루이르데라고 이름을 댄 그 마족은 거무튀튀한 피부에 꼬리가 달려있고 긴 덧니를 번쩍거리고 있었다.

"기도해라! 찾아오지 않을 평화를! 네놈들은 멸망할 운명이다!"

마족이 껄껄대며 웃었다.

인간의 모든 행위를 깔보며 웃었다. 경계심은 조금도 없었다.

"이 자식!"

병사가 마지막 힘을 쥐어짜 반으로 부러진 검을 휘둘렀다.

그러나──.

"소용없는데?"

"뭣······!"

루이르데가 자신만만하게 씨익 웃었다.

병사가 경악하여 눈을 크게 떴다.

(또다시⋯⋯ 강해지지 않았나?)

있을 수 없는 일이었다.

전쟁이 길어질수록 힘을 소모한다. 그 반대는 일어날 수 없다. 불가능한 일이다. ⋯⋯병사는 그대로 목을 베여 죽었다.

"원군이다! 원군이 왔다! 신성 공화국의 검성 님과 성녀님이 왔다! 신성 공화국의 주력부대가 왔다!"

그 소리와 함께 마족이 거센 바람을 맞은 나뭇조각처럼 날아갔다.

"끄악! 뭐, 뭐냐?!"

루이르데의 눈앞에 나타난 것은 갈색 머리카락을 한 갈래로 묶은 젊은 여성이었다.

그녀의 길고 날카로운 눈이 태연하게 루이르데를 보고 있었다.

하지만 그녀의 의식은 전혀 루이르데에게 향하지 않았다.

"이거야 원. 왜 우리를 습격한 왕국을 도우려고 하는 건지, 이해가 안 되네요."

'검성'── 필 에이지.

신성 공화국 주력 부대의 선두에서 싸우는 자.

그 뒤에는 길고 선명한 핑크색 머리카락을 가진 미소녀 '광성의 성녀' 소리아 에이든이 있었다.

"인류의 위기잖아요⋯⋯. 과거의 다툼은 손을 내밀지 않을 이유가 되지 않아요."

소리아는 그렇게 말하면서 주위의 상처 입고 쓰러진 병사들의 치료를 시작했다.

필은 그 모습을 보고 미소 지었다.

"후후, 당신이라면 그렇게 말할 줄 알았어요."

신성 공화국이 크제라 왕국과 문제를 빚고 있을 때, 그녀들은 공화국 밖에 있었다.

특히 소리아와 주력부대는 빈번하게 신성 공화국 바깥으로 나가 힘을 빌려주고 있다.

어지간히 이상한 사태가 일어나지 않으면 신성 공화국은 평화를 유지하는 나라에 둘러싸여 있어서 위험에 노출될 일이 없기 때문이다.

만약 그 당시 그녀들이 현장에 있었다면 왕국에 맞서 자력으로 해결했을 것이다. 두 사람에겐 그만한 힘이 있었다.

"이것들이 감히 나를 무시하는 거냐?!"

마력이 담긴 성난 목소리가 울렸다.

마치 심연 밑바닥에서 울리는 듯한 목소리였다.

하지만 필은 상당히 여유로웠다.

"잔챙이가 말이 많군."

"배짱 한번 좋구나……!"

필의 도발에 마족 루이르데가 이마에 핏대를 세웠다.

분노로 가득한 그의 마력이 주위를 흔들었다.

하지만.

"허점투성이군."

필의 모습이 사라졌다──.

루이르데는 동요했다. 그 순간, 코등이와 칼집이 맞물리는 철컥하는 쇳소리가 루이르데의 등 뒤에서 들렸다.

루이르데가 고개를 돌리기도 전에 그의 무릎이 꺾이더니 몸통이 갈라지며 선혈이 힘차게 튀어나왔다.

"제, 젠장……!"

루이르데가 식은땀을 흘리면서 등에서 순흑색 날개를 펼쳐 날아올랐다.

"아직 도망칠 여력이 있었나. ……뭐, 상관없어."

필은 마족을 보내줬다.

죽어가는 마족보다 아군과의 합류를 우선해야 한다.

"어서 가요, 필!"

주변에 널린 부상자들의 치료를 벌써 끝낸 소리아가 소리쳤다.

이 정도로 넓은 범위를 이토록 빠르게 치유할 수 있는 건 인간 중에서 그녀뿐일 것이다.

그녀의 눈은 이미 다음 전장으로 향해있었다. 필의 눈에 소리아는 그야말로 성녀로 보였다.

"네."

필은 소리아를 동경했다.

그렇기에 필은 그를 좋게 생각하지 않았다.

여기에 오고 있는 남자를.

(카리스마 파티 따위…… 쓸데없어.)

'검성' 필은 내심 그렇게 생각하고 있었다.

◇

크제라 왕국 변경의 부상자 구호소는 잇따라 실려오는 부상자로 정신이 없었다.

부상자의 숫자가 너무 많았던 탓에 치료가 제때 이루어지지 못했고, 그 사이에도 부상자는 계속 늘고 있었다.

이 이야기를 들은 이들이 상호부조 이념을 가지고 왕국을 위기에서 구하기 위해 모이기 시작했다.

"제4구역의 부상자가 후송되어 온다! 자리를 비워!"

그런 목소리가 밤낮을 가리지 않고 울려 퍼졌다.

치료 마법의 재능을 가진 자는 마력이 바닥날 때까지 마법을 쓰고, 다른 자들은 자리를 만들거나 물을 떠 오거나 부상자와 사망자를 옮기고 있었다.

매우 열악한 환경이었지만, 모두 노력을 아끼지 않았다.

하지만 문제가 전혀 없는 건 아니었다.

"이 사교도 놈이! 여기부터는 우리 구역이라고 했잖아!"

"지금 그게 무슨 상관이야!"

"상관이 왜 없어! 방해하지 말라고! 이래서 쓰레기 같은 신앙을 가진 놈들은……."

"뭐어?! 네놈들도 똥으로 만들어진 신한테 기도하고 있잖아! 아이고 구려라!"

"이 자식, 뭐라고!"

전장에 다양한 종교가 모이다 보니 빈번하게 충돌이 일어났다.

싸움은 차차 과열되어 신자들이 모조리 휘말린 싸움으로 발전했다.

그들에게 부상자는 이미 뒷전이었다.

이렇듯 자원봉사자들도 엉망이었지만 부상자가 너무 많아서 그들의 도움을 받아야만 했다.

그런 와중에 그들을 나무라는 이가 있었다.

"싸움을 멈추세요. 입보다 손을 움직이셔야 할 때입니다."

스피였다.

신흥종교이자 가장 큰 세력을 가진 아스테라교에 정면으로 대립하는 만큼 그녀는 사람들 사이에서 거북하게 여겨지고 있었다.

싸우고 있던 두 사람 역시 스피를 보고 모멸의 시선을 보냈다.

"핫, 아스테라교의 콩고물을 받으려는 놈이 말해도 들을 생각 없거든!"

"지금은 그런 소리를 하고 있을 상황이 아니에요. 부상자를 치료하는 게 먼저입니다."

스피는 대답하면서 치료 마법을 이어나갔다.

전혀 굴하지 않는 태도에 남자가 혀를 차고 째려봤다.

"하, 자기 종교가 무시당해도 신경을 안 쓸 줄이야! 역시 신자를 돈줄로밖에 안 보고 있군?!"

"그만하세요. 보기 흉해요."

그때, 그 자리를 지나가던 한 여인이 그를 말렸다.

남자는 목소리의 주인을 보자마자 눈을 크게 뜨고 숨을 죽였다.

목소리의 주인 바로 소리아 에이든이었다.

소리아는 전선의 부상자를 치료하고 후방으로 돌아오는 길이었다. 그녀의 등 뒤에 몇 명의 기사가 호위로 붙어있었다.

"소, 소리아 님……!"

그러자 주변에 모든 시선이 그녀에게 고정되었다.

부상자의 앓는 소리마저 사라졌다.

"엑스 힐."

소리아의 중얼거림과 함께 마력의 파도가 생겨났다.

파도를 맞은 사람들의 상처가 아물어 갔다. 작은 생채기조차도.

"여기에 싸우러 온 게 아니잖아요. 입보다 손을 움직여주세요."

"" 아, 예!""

소리아의 말을 들은 남자들은 혼난 아이들처럼 풀이 죽어 고개를 끄덕였다.

"죄송합니다. 감사합니다."

스피가 소리아를 향해 감사하며 머리를 숙였다.

소리아도 빙긋 미소 지었다.

"스피 씨…… 맞죠? 진·아스테라교의. 만나고 싶었어요. 전장에서는 항상 엇갈리기만 해서. 이번 대성기도장에서나 만날 수 있을 줄 알았는데, 여기서 만나는군요. 전 소리아라고 해요. 잘 부탁드려요."

소리아란 이름은 그리 드문 이름이 아니다. 찾아보면 한 마을에 한 명쯤 있어도 이상하지 않다.

하지만 이 대륙에서 소리아라는 이름을 들으면 뇌리에 떠오르는 인물은 단 한 명밖에 없다. 바로 아스테라교 필두 사제, 길드의 S랭크 모험가, '광성의 성녀'이다.

많은 전설과 함께 역사에 이름을 새긴 소녀.

사람 중에는 여신 아스테라가 아니라 소리아 에이든을 숭배하는 자도 있을 정도이며 그야말로 역대 용사와 어깨를 견주는 '희망'이다.

"처음 뵙겠습니다. 스피입니다. 진·아스테라교의 대사제입니다. 실은 저도 소리아 님과 이야기하고 싶었어요."

스피는 눈으로 남은 부상자가 없는 걸 확인하고 소리아에게 말을 걸었다.

"이야기요?"

소리아는 적대적인 조직 사이인데도 그녀에게 적의를 품지 않았다. 오히려 스피에게 호감을 갖고 있었다.

그간 몇번이고 진·아스테라교의 활동을 들었기 때문이었다.

소리아는 전선에 나가 자리를 비우는 일이 일이 잦았기에 오히려 스피 일행의 성실한 활동을 알고 있었다.

"네. 소리아 님은…… 여신 아스테라 님을 신앙하시죠?"

"그렇죠. 아스테라교의 신자이니까요."

"실례되는 질문입니다만, 소리아 님은 어떤 생각으로 아스테라 님을 신앙하시나요?"

"음…… 그게 무슨 뜻이죠?"

소리아가 질문의 진의를 파악하지 못해 고개를 갸웃했다.

스피가 다시 말을 쉽게 풀어서 물었다.

"예를 들면 아스테라 님과 직접적인 인연이 있다거나, 가르침에 감동하였다거나, 성전에 좋아하는 구절이 있거나……. 신앙의 동기를 여쭈어보고 싶었어요."

물론 스피도 깊은 이유 없이 믿는 사람들이 있다는 걸 알고 있다.

하지만 소리아의 활동은 신앙심만으로 가능한 일이 아니었다.

스피는 소리아가 그렇게까지 힘을 쏟아부을 수 있는 이유를 알고 싶었다.

"아, 아아, 그런 거였나요. 어, 음, 그렇군요……."

소리아가 당황해서는 몇 번이고 고개를 끄덕였다.

얼굴을 빨갛게 물든 것이 마치 사랑하는 소녀와 같은 반응이었다.

스피에겐 다소 예상 밖의 반응이었다. 어찌 반응해야 할지 난처해하자, 이를 눈치챈 소리아가 헛기침을 한 번 하고 대답을 들려주었다.

"저, 저는 '희망'을 믿고 있어요."

"희망이요……?"

의외의 대답에 스피가 고개를 갸웃거렸다.

"아스테라 님이 일으키는 기적을 말씀하시는 건가요?"

"그것도 마찬가지죠."

"……?"

소리아의 대답이 뭘 의미하는지 알 수 없던 스피는 더더욱 혼란에 빠졌다.

그러자 소리아가 미안한 듯이 쓴웃음을 지었다.

"죄송해요. 제가 어렸을 때, 아스테라님을 알고 얼마 지나지 않아 '기적'을 겪은 일이 있었어요. 그게 제 신앙의 시작이에요."

"그렇군요……."

스피는 어떤 우연이 소리아가 신앙을 갖는 계기가 된 모양이라고 생각했다.

그녀는 신앙의 동기를 '희망'이라고 했다. 무조건으로 교리에 따르는 맹목적 신앙은 아닌 모양이었다.

"그런데, 말씀하신 그 기적이라는 게 어떤 일이었나요? 그리고 희망이란 어떤……."

"그, 그, 그건……!"

소리아의 얼굴이 수치심으로 또 빨갛게 물들었다.

하지만 소리아가 대답하기 전에 누군가가 끼어들었다.

"핫핫하, 뭐지 이건? 진·아스테라교의 면면들이 아닙니까. 또 부지런히 전장에 와서 세뇌 활동입니까? 질리지도 않는군요."

파란 머리칼에 호사스러운 사제복을 입은 남자가 다가왔다.

"……자이 폰데 씨."

자이 폰데. 아스테라교의 대사제이지만, 직함에 맞지 않게 30 중반으로 상당히 젊은 인물이었다.

스피와 소리아는 조심스럽게 혐오감을 드러내며 자이 폰데를 봤다.

"당신이 왜 여기에 있죠?"

소리아가 물었다.

그것은 순수한 의문이었다.

전선에 서는 일이 많은 소리아가 이곳에 있는 건 아무도 의문을 품지 않는다. 애초에 공화국의 주 전력이 소리아와 함께 다닌다.

오히려 소리아가 전선을 돌아다닌 덕분에 아스테라교의 신자는 나날이 늘고 있다. 현장에서 정력적으로 활동하는 소리아를 보고 신성 공화국의 중립 유지를 지원하는 신자도 있고 신자끼리의 관계를 살려 교역에서 공헌하는 자도 있다. 소리아의 활동에 은혜를 느껴 신성 공화국을 지원하는 나라도 있다.

소리아가 전선에 서는 건 아스테라교에도 신성 공화국에도 이익이 있었다.

하지만 대사제인 그가 스스로 전선에 나오는 일은 무척 드물었다.

"조금 볼일이 있어서요."

대사제는 가식적인 웃음을 싱긋 지으면서 대답했다.

하지만 그의 호위는 두 명뿐. 심지어 기사가 아니라 특별한 장비도 없는 평범한 병사였다.

"대체 어떤 용무이길래 겨우 '호위' 둘을 데리고 전선까지 온 겁니까?"

소리아 뒤에 있던 '검성' 필 에이지가 물었다.

필의 눈으로 보기에 이 둘은 제대로 훈련받은 병사조차 아니었다. 호위라는 건 거짓말이었다.

"하하, 걱정할 필요 없습니다. 그보다 사교 놈들이 우리를 노려보고 있지 않습니까. 이런 녀석들과 엮이지 마시지요."

따가운 눈총을 받는 건 아스테라교의 면면들이 아니었다. 대사제 자이뿐이다.

실제로 아까 전까지는 분위기도 부드러웠다.

"그리고 자네, 스피였던가? 아스테라교의 덕을 보는 건 눈감아주지. 우리는 관대하니까. 하지만 너무 까불지 말게."

빙긋이 얼굴을 일그러뜨리면서 스피에게 얼굴을 가까이 댔다. 그리고 작은 목소리로 말했다.

"——부모님처럼 되고 싶지는 않잖아?"

"————……읏!"

아까 전까지 부드럽고 온화한 태도를 보이던 스피가 갑자기 분노와 눈물이 뒤섞인 표정을 지었다.

뒤에 있던 진 · 아스테라교의 신자가 스피 앞에 나와 대사제를 노려봤다.

"이 자식!"

"어이쿠, 때릴 건가?"

"그거 좋지!"

"……기다리세요!"

스피가 신자를 말렸다.

그건 올바른 판단이었다.

"하하하, 멈추는 건가? 시시하군."

대사제가 몰아붙이듯이 도발했지만, 스피는 신자를 제지할 뿐 아무런 반응도 보이지 않았다.

"왜 말리시는 겁니까?! 이 녀석은……!"

"그만 하세요. 다른 사람이 보기에는 그저 일방적인 폭력일 뿐입니다."

"……!"

스피의 말을 듣고 남자 신자가 퍼뜩 깨달았다.

먼저 손을 대면 지는 것이다.

"지금 힘을 써도 아무것도 달라지지 않아요. 당신의 손이 더러워질 뿐이에요."

스피는 힘 또한 수단이라고 생각한다. 애초에 아스테라교와 진·아스테라교는 무력을 부정하지 않는다.

하지만 힘을 쓸 때는 항상 신중해야 한다.

"말 한번 잘했다. 오히려 너희 같은 꾀죄죄한 사교도들이 나를 접할 수 있다는 것만으로도 명예──."

『제2구역과 제3구역 녀석들이 실려 온다!』

자이의 말을 가로막고 연락병의 목소리가 울렸다.

그러자 곧장 불안에 젖은 대답이 날아들었다.

『뭐……! 그럼 전선은 어떻게 된 거냐?!』

부상자가 실려 오는 것은 전장이 후퇴했거나 일단락되었을 때다.

하지만 제2구역과 제3구역은 최전선이다. 말하자면 이 분쟁의 핵심이다. 전쟁이 끝나기 전에 그곳의 싸움이 일단락되는 일은 있을 수 없다. 즉, 이 말은 필연적으로 전선에서 용병들이 후퇴했다는 뜻이 된다.

지금 전선이 무너지면 후방에도 적이 밀어닥칠 것이다.

『안심해라! 양쪽 모두 길드에서 파견된 모험가가 제압했다!』

『양쪽 모두?!』

『그래, 지드라는 자였다!』

이제는 다들 그 이름에 귀동냥이 있었다.

실제로 검성 필은 짜증이 난 얼굴로 눈살을 찌푸렸다.

하지만 가장 크게 반응한 사람은 소리아와 스피였다.

"지, 지, 지, 지드 씨?!"

"구, 구세주님?!"

두 사람의 마음속에는 지드가 여기에 올지도 모른다는 기대와 풋풋한 부끄러움이 소용돌이치고 있었다.

하지만,

『그자도 이곳으로 오는 건가?』

『아니, 전장이 정리되자마자 돌아갔다!』

""끄응…….""

지드가 돌아갔다는 사실에 두 사람은 풀이 죽었다.

"……가자."

그런 가운데 별로 달갑지 않은 표정을 띤 대사제 자이가 병사를 데리고 자리를 떴다.

◇

그가 향한 곳은 다 쓰러져 가는 교회였다.

신도들이 앉던 의자는 드문드문 쓰러져 있거나 구석에 밀려 쌓여 있었다.

가장 안쪽에는 여신 아스테라의 동상이 반파된 채로 음침하게 달빛을 맞고 있었다.

그 동상 아래에 있는 남자는 그늘에 얼굴이 가려져 있었고, 그 눈앞에서 십수 명이 한쪽 무릎과 한쪽 손을 땅에 대고 있었다.

"어떻게 된 거냐!"

남자의 호통이 울려 퍼졌다. 그의 호통에 마족 집단이 몸을 움츠렸다.

실력만큼이나 자존심이 강한 마족들이 그의 가만히 말을 들으면서 고개를 숙이고 있었다. 부정도 반항도 못 한다는 증거였다.

그들을 호통치는 남자는 그만큼 격이 달랐다.

"검성이나 성녀가 움직이면 두세 곳 정도는 내어줄 걸 예상했다. 그런데 전부 밀려?! 내가 이 보고를 어떻게 받아들여야 하지?! 우리의 목적은 이 땅을 불안과 공포로 뒤덮는 게 아니었나!"

"……죄송합니다."

그렇게 사과한 것은 바로 검성에게 패해 도망쳤던 루이르데였다.

용병단을 상대할 때의 태도는 거짓이었던 것처럼 그는 몹시 얌전하게 굴었다.

"사죄를 요구하는 게 아니다, 이 쓰레기가!"

"크악!"

남자의 발차기가 루이르데의 복부를 직격했다.

루이르데가 교회 구석으로 나가떨어졌다. 그는 흙먼지를 뒤집어쓴 채 고통에 배를 움켜잡았다.

"대체 누구냐, 그 지드라는 남자는!"

"조, 조사해도 크제라 왕국 기사단의 단원 출신이라는 것밖에는……. 왕국 기사단은 이미 붕괴하여 더는 정보가 없습니다."

질문을 받고 루이르데가 자세를 고치면서 숨쉬기 괴롭다는 듯이 대답했다.

"그걸 지금 나더러 믿으라는 거냐! 그런 놈이 일개 단원이라고?! 그만한 실력이면 이름을 떨쳤을 것 아니냐!"

"하지만 길드에 들어가기 전에는 정말로 이름도……."

"변명은 필요 없다!"

남자에게 일축당한 루이르데가 입을 다물었다.

마족 부대가 단 한 명의 인간에게 패배하는 건 있을 수 없는 일이었다.

그런데 단 하루 만에 제2구역과 제3구역에 있던 마족이 모조리 패배했다.

바로 그 지드라는 S랭크 모험가에게.

"칫, 그 남자는 어떤 종교에 들어가 있나?"

"아뇨…… 어디와도 관련이 없습니다."

"그럼 됐다. 이번 대성기도장에는 안 오겠군."

대성기도장.

신성 공화국에 있는 여신 아스테라의 거상이 서 있는 기도장이다. 푸른 하늘 아래에 광장처럼 되어있어 5만 명 정도를 수용할 수 있다.

세상이 어지러워지면 필두 사제가 신도나 방문자들과 함께 여신에게 기도의 말을 올리는 곳이다.

올해는 특히 여러 가지 사건이 많아 더욱 규모가 컸다.

크제라 왕국의 반파.

신성 공화국을 덮친 두 번의 위기.

웨이라 제국의 제위 계승.

마족의 침공.

이렇다 보니 신성 공화국에서는 자국민뿐만 아니라 전 세계에서 사람이 모여 방문자가 10만 명에 달할 것으로 예상했다.

그런데, 이 간절한 기도의 장에 마족이 있다면 그만큼 어울리지 않는 게 또 있을까?

그때, 달빛이 동상 아래의 남자를 비춰 그 모습이 드러났다.

"아스테라의 거상을 파괴하고 혼란을 틈타 소리아를 비롯해 그 자리에 모인 인간을 반드시 모조리 말살해야 한다. 실수하지 마라."

"네. 반드시 성공하겠습니다. 유세프 님."

루이르데가 다시금 고개를 숙였다.

유세프. 그것이 아스테라교의 대사제이자, 7대 마귀족의 일각인 자이 폰데의 진짜 이름이었다.

"마왕님이 증오스러운 용사에게 쓰러지시고 역겨운 인간 놈들과 정전을 이어왔지만, 그것도 이제 끝이다. 드디어 이 굴욕적인 나날에 종지부를 찍는 거다……! 이 몸이 마왕이 되기 위한 첫걸음을 내디딜 때가 왔다."

유세프가 주먹을 쥐면서 계속 말했다.

"마족령 쟁탈전에 매여 있는 어리석은 마귀족 놈들도 언젠가 나의 고결한 정신을 이해하고 마왕의 후계라 인정하고 무릎을 꿇게 되겠지. 우리에겐 복수만이 있을 뿐. 자, 침략을 시작한다!"

유세프가 팔을 크게 펼치고 소리 높여 선언하듯이 말했다.

그날을 위한 계획은 착착 진행되고 있었다.

제3화 얽힘

국경선에서의 의뢰가 끝난 뒤, 난 길드로 돌아가지 않고 근처에 있는 숙소에 거점을 잡아 휴식을 취하고 있었다.

나는 침대에 누워서 이번 의뢰서를 다시 봤다.

이번에도 평소 페이스로 의뢰를 처리했다. 다만, 이번에 상대한 마족은 어딘가 이상했다. 성질이 다른 여러 마력이 한 몸 안에서 느껴진 것이다.

이건 다소 특수한 일이다.

마력의 질은 천차만별이며 사람마다 각자의 마력을 갖는 게 상식이었다.

이전에도 마족과 싸운 적이 있으니 마족이 예외가 아니란 것도 알고 있다.

특별한 개체……인 것도 아니겠지.

전장에 있던 모든 마족이 질이 다른 복수의 마력을 갖고 있었기 때문이다.

뭔가 이상하다.

그 보고도 정리할 생각으로 숙소로 한번 돌아왔는데——.

쿵쿵! 하고 누군가 문을 거칠게 두들겼다.

"거기 있지, 지드!"

남자 말투였지만 여자의 목소리였다. 아는 목소리는 아니었다.

내 이름을 부르고 있으니 사람을 잘못 찾은 것이 아니고, 무슨 용건이 있는 모양이다.

나는 침대에 누워있던 몸을 일으켜 문을 열었다.

"예이, 누구시죠?"

문 너머에 있는 사람은 갈색 머리카락을 포니테일로 묶은 미인이었다.

길을 걸으면 백이면 백 돌아볼 정도로 얼굴이 반반했다.

그녀는 기가 세 보이는 눈동자로 날 노려보았다.

"난 필 에이지다."

"그게 누군데?"

이름만 들어도 알겠지? 하고 말하는 듯한 자기소개였다.

하지만 난 그녀가 누군지 모르기 딱 잘라 대답했다

그런데 내 대답이 그녀의 심기를 거슬렀는지, 그녀의 눈빛이 한층 더 날카로워졌다.

"신성 공화국의 '검성' 필 에이지다. 소리아 님과 항상 함께 행동하고 있지."

"흐음, 소리아랑? 그럼 소리아도 같이 왔어?"

복도를 바라봤지만 소리아의 모습은 없었다.

"소리아 님은 대성기도장의 준비로 바쁘시다. 하지만 이 시기에는 내가 없어도 우수한 호위가 붙으니 문제없다."

"아아, 그렇구나. 그래서, 그 검성이 나한테 무슨 볼일이야?"

"듣자 하니 길드에서 카리스마 파티라는 것을 발족한다는 모양이더군."

"잘 아네."

역시 소리아와 항상 함께 있다고 단언할만하다.

소위 신성 공화국의 정예부대라는 녀석일 것이다. 나도 이야기 정도는 들었다.

과연, 보기에도 검성이라 부를만한 실력은 있는 것 같았다.

"단도직입적으로 말하지. 사퇴해라."

필이 반쯤 협박하듯이 말했다.

필의 허리에 있는 은백색 검마저 굶주린 짐승처럼 눈을 번뜩이며 나를 보는 듯했다.

"이거 또 돌직구가 날아왔네. 갑자기 왜?"

"반대로 묻지. 왜 카리스마 파티에 들어가기로 정했지?"

"길드 마스터에게 부탁받았으니까."

"왜 받아들였지?"

필이 더 캐물었다.

마치 심문하는 것 같군.

"길드에 신세 진 게 있어서. 그리고 나름 메리트도 있으니까, 나로서는 거절할 이유가 없어."

"그렇겠지."

필이 흥 하고 비웃듯이 코웃음 쳤다.

뭐지, 이 녀석.

"넌 최근에서야 길드에 들어갔다면서. 그것도 어떻게 비위를 맞췄는지는 모르겠지만 S랭크 대우로."

"아, 비슷한 말을 전에도 들었던 거 같은데. ……'어디서 굴러 먹다 들어왔는지 모를 개뼈다귀 같은 놈이!' 같은 느낌이지?"

"알고 있으면 얘기가 빠르지. 어차피 네놈도 소리아 님의 명성을 빌려서 지명도를 높이고 싶은 거겠지? 난 그런 기생충 같은 놈들을 몇 번이고 봐왔다."

"힘들었겠네. 난 기생충이 아니지만."

필은 소리아의 호위라고 했으니 그런 사람들을 많이 봐왔을 것이다.

"아니, 넌 기생충이다."

"딱 잘라 말하네. 왜지?"

"우선 첫 번째로."

필이 손가락을 세웠다.

아무래도 근거가 여럿 있는 모양이다.

"자신이 소속되어 있었던 기사단을 붕괴시켰다지 않나."

"아아……."

아무래도 나를 철저히 조사한 모양이다.

"왕국의 기사단이 뒤에서 상당한 악행을 저질렀다는 것이 판명되었다고 하더군. 네가 자신의 더러운 경력을 얼버무리기 위해 기사단을 붕괴시킨 거지?"

"좀, 다른데. 의뢰를 받고 의뢰주를 지켰을 뿐이야."

"어쨌든 기사단은 붕괴했다. 그리고 크제라 왕국은 열강이라 부르기에 어울리지 않은 나라로 전락해버렸지."

"뭐, 더 나은 방법이 있었다는 건 인정할게."

"결과적으로 넌 자신이 사는 나라와 조직을 배은망덕하게도 내부에서 파괴했다. 그런 것이다."

그래서 기생충이라는 건가.

뭐, 이야기만 들으면 그렇게 생각하는 사람도 있을 것이라는 생각은 든다.

"두 번째로 우리 신성 공화국의 위기에 대해서다. 올해 들어서 두 번이나 위험한 사태가 일어났다. 그 모든 사태에 네가 관련되어 있다더군."

"하나는 기사단이 매직 아이템으로 마물의 대범람을 일으키려 했을 때, 또 하나는 왕룡 건인가? 하지만 그건 말려들었을 뿐이야."

"말려들었을 뿐이라고? 그건 핑계지."

그녀는 기분이 나쁜 듯이 눈을 번뜩이며 내 주장을 정면으로 부정했다.

"내가 그곳에 있었다면 적어도 너보다 잘 해결했을 것이다. 피해를 더 억제할 수 있었을 것이다. 왕룡 포박은 물론 막았을 것이고 마물의 대범람도 미연에 방지했을 것이다."

"뭐, 그래도 난 의뢰를 수행하고 있었을 뿐이니까."

나라를 위협으로부터 지키는 것만이라면 필도 할 수 있었을지도 모른다.

　그래도 필은 그 자리에 없었으니, 나로서는 무슨 말을 하고 싶은지는 알겠지만, 필의 주장을 인정하는 건 아니다.

　"그런 생각으로 그분 곁에 있으려는 건가?"

　지금까지보다 한층 더 날카로운 안광으로 나를 노려봤다.

　목소리는 격해지지 않았지만 명백한 적의를 느꼈다.

　"그분은 사람들에게 희망을 주고 있다. 그분이 존재하는 것만으로도 사람은 살아갈 힘을 얻을 수 있다. 그런 소리아 님 곁에 네가 있겠다고? 있을 수 없는 일이지. 있어서는 안 되지."

　"그런 말을 들어도 말이야. 이건 길드가 나한테 한 요청이야. 거절할 생각은 없어."

　"아니, 거절해라."

　슥

　필이 자연스럽게 선 자세 그대로 검을 뽑았다.

　상당히 익숙한 모양이다.

　순식간에 목에 칼끝이 닿았다.

　"힘의 차이라는 걸 가르쳐주지. 네놈 옆에 소리아 님은 어울리지 않아. 자, 마음에 드는 무기를 들어라. 그게 시작 신호다."

　아무래도 필은 여기서 나와 붙을 생각인 것 같다.

　싸구려 숙소의 복도에서. 그녀의 역량이라면 아무것도 부수지 않고 싸울 자신이 있을 것이다. 하지만…….

하아, 하고 딱 한 번 한숨을 쉬고 나는 방의 문손잡이를 잡았다.

"불만이 있으면 길드에 얘기하세요."

그렇게 말하고 난 문을 닫았다.

닫히기 직전의 얼빠진 필의 얼굴이 조금 유쾌했다.

말도 안 된다.

필은 진심으로 그렇게 생각했다.

어차피 환심을 사서 벼락출세한 S랭크일 것이다.

다소의 실력이 있는 건 인정하지만 나보다는 아득히 아래다.

하지만 그 실력조차도 어딘가 의심스러워졌다.

소리아 님 곁에 있는 것을 길드에서 허가받은 정도이니 다소는 제대로 된 남자일지도 모른다고 생각했다.

그러니 칼끝을 겨누어 실력을 재보려고 했다.

하지만 지드라는 남자는 싸울 마음조차 보이지 않고 문을 닫고 방에 틀어박혔다.

저런 남자가 소리아 님 곁에?

말도 안 된다.

필은 다시 한번 진심으로 그렇게 생각했다.

(이대로 문을 부수고 녀석을 쳐부수는 건 간단하다. ……하지만 그런 무모한 짓을 하면 소리아 님 곁에 있기가 불편해진다.)

여관은 모두가 쓰는 장소이며 여행자가 피로를 푸는 장소이기도 하다.

소리아 님과 마찬가지로 모두가 필요로 하는 장소다.

그러니 문을 부술 수는 없다.

필은 분해서 어금니를 악물었다.

검을 칼집에 넣고 여관을 뒤로했다.

"겁쟁이가."

필은 그런 말을 남기고 싸구려 여관을 떠났다.

◇

그것은 필이 귀환하는 도중에 일어난 일이었다.

신성 공화국과 왕국을 잇는 포장된 숲길.

사람의 왕래는 적지만 필 앞에서 두 명의 여자가 걸어왔다.

빨간 머리칼의 미녀와 금색 머리칼의 미소녀였다.

주위가 조용한 탓에 자연히 두 사람의 대화가 귀에 들어왔다.

"정말이지. 지드가 변경의 의뢰를 받는 바람에 우리 몫이 없어졌잖아. 그건 걸어 다니는 의뢰 흡수 머신이야."

적발의 미녀── 쿠에나가 화난 모습으로 볼을 부풀렸다.

"역시 너무 대단해."

금발의 미소녀는 선망하는 듯했다.

대화의 흐름이 지드에 대한 불만을 늘어놓는 듯해서 필도 무심코 기분 좋게 귀를 기울였다.

하지만 두 사람과 교차하는 순간——.

"하지만 지드의 파티에 들어가기 위해서는 지드가 의뢰를 받으면 곤란해. 가능한 한 의뢰를 많이 해결해서, 나는 지드의 페이스에 맞출 수 있다고 어필해야 하니까."

적발의 미녀가 그렇게 말했다.

필이 부자연스럽게 딱 멈춰 섰다.

당연히 쿠에나와 실라도 그 기척을 느끼고 돌아봤다.

"지드의 파티라고?"

필이 나지막하게 중얼거렸다.

쿠에나가 필의 반응을 보고 의아해했다.

"뭐야? 그게 어쨌다고?"

"그건 카리스마 파티를 말하는 건가?"

"뭐, 그렇기도 하지만."

필의 물음에 쿠에나가 답했다.

쿠에나는 지드와 파티를 맺고 언니나 주위 사람들이 돌아보게 하는 것이 목적이다.

그게 카리스마 파티든 뭐든 지드가 있다면 마찬가지다.

"잠깐 쿠에나. 이 사람 뭔가 위험한 느낌이 들어."

실라가 쿠에나의 어깨를 두드리면서 작은 소리로 말했다.

하지만 그렇게 말을 거는 게 조금 늦었다.

필이 검을 뽑아서 쥐었다.

실라와 쿠에나는 탁월한 검술과 경험으로 필의 적의와 동작에 반응하여 반사적으로 검을 뽑았다.

"녀석의 파티 후보라는 건가. 그럼 실력을 시험해봐야겠다!"

"뭐? 무슨 소리 하는 거야. 그리고 후보가 아니라 거절당한 건데."

"아니, 난 후보라고 생각하고 싶어. 지드와 함께 파티가 되고, 이윽고 인생의 파티로……!"

"실라는 입 다물고 있──!"

쿠에나가 헛소리인지 진심으로 하는 소리인지 모를 실라의 말을 듣고 기가 막힌다는 눈으로 쳐다보고 있다가 눈앞에서 방출된 마력에 말을 삼켰다.

검을 쥔 손이 움찔 반응했다.

"난 필 에이지라고 한다."

"……검성……?!"

쿠에나는 그 이름을 들은 적이 있었다.

인간 중에서는 모르는 사람이 드물 것이다.

당연히 실라도 알고 있어서인지 식은땀을 흘렸다.

"지드의 파티에 들어가려는 자가 어느 정도의 실력인지 시험하도록 하지. 둘이서 와라."

"쿠에나……! 알고 있겠지만……."

"……알고 있어."

꿀꺽, 두 사람이 마른침을 삼켰다.

"분명 강할……──."

"──이 사람…… '라이벌'이야……!"

실라의 터무니없는 소리에 쿠에나는 자기도 모르게 소리쳤다.

"무슨 소리야?!"

"이 사람도 지드의 파티를 노리는 사람이잖아! 분명!"

"그런 거야?!"

"……칫. 그럴 리가 없잖은가. 그딴 남자!"

두 사람의 대화를 듣다 못한 필이 베려고 달려들었다.

우선 쿠에나를 노렸다. 무거운 검이 쿠에나를 내리눌렀다.

"크으으……!"

너무 무거운 나머지 쿠에나가 검에 왼손을 대고 밀어냈다.

이를 꽉 깨물고 막아내면서 생겨난 발자국이 땅에 길게 뻗었다.

"에에잇!"

실라가 쿠에나 옆에서 필을 찌르고 들었다.

급소를 노린 가차 없는 일격. 속도도 위력도 타이밍도 거리도 더할 나위 없이 완벽했다.

하지만 필은 검을 내리고 가볍게 흘렸다.

그뿐만이 아니다.

필은 실라가 검을 제 위치로 되돌리는 것보다 빠르게 다음 공격을 날렸다. 하지만 쿠에나의 검이 도중에 이를 방해했다. 동시에 실라의 검이 필의 측두부를 향해 날아들었지만, 필이 몸을 앞으로 기울여 피했다.

　──간파당했다.

그렇게 생각하는 것보다 빠르게 필의 검을 막고 있던 쿠에나가 밀렸다.

"속도도 힘도…… 그 정도인가."

쿠에나와 실라가 필의 검압에 튕겨 쓰러졌다.

쿠에나의 도신이 사이에 끼어있었던 덕분에 겨우 검에 베이진 않았다.

"강해……."

쿠에나가 절실하게 중얼거렸다.

겨우 몇 초로 실력 차가 분명해졌다.

그것도 2대1로 이 모양이다.

1대1이라면——.

쿠에나가 분함에 흙을 쥐었다.

"그래, 그 말대로다. 난 강하다. 너희는 약하다. 애초부터 이 강함이야말로 소리아 님 곁에 있을 수 있는 절대조건이다."

"조건……? 대체 무슨 소릴 하는 거야?"

"이 정도로 약한 너희가 지드의 파티가 되겠다는 말을 입에 담을 수 있을 줄이야, 그 녀석도 별로 대단하진 않겠지. 역시 카리스마 파티인가 뭔가 하는 건은 길드에 직접 이의를 제기하러 가야겠군."

"뭐?! 우리 실력으로 그 녀석의 실력을 재는 건 억지잖아……!"

쿠에나의 말에 필이 대답하는 일은 없었다.

하지만 필을 불러 세울만한 실력이 없다는 것도 알고 있었다.

쿠에나와 실라는 떠나가는 등을 지켜보는 것밖에 할 수 없었다.

"……분해."

실라가 중얼거리는 소리에 쿠에나가 몸을 일으켰다.

옷에 붙은 흙먼지를 털었다.

"좀 더 정진해야겠어. 분하지만 저 녀석의 말대로야. 이대로라면 지드가 인정해줘도 주위 사람이 인정해주지 않아."

"끄응……. 뭐, 난 최소한 파티가 아니더라도 지드랑 같이 있을 수만 있으면……."

"너, 상당히 열 받았네."

장난스럽게 말하고 있지만 가장 먼저 분하다고 한 것은 실라다.

둘은 분한 마음을 서로 나눴다.

◇

필이 떠나고 몇 시간 후.

난 길드에 나와 있었다.

의뢰 완료와 마족의 체질 변이를 보고하기 위해서다.

이번 의뢰는 리프에게 직접 받은 의뢰니 직접 보고할 생각이었다. 리프가 없는 경우에는 접수처에서 처리해도 문제없다고 하지만…….

"지드!"

그때 길드 로비에서 누가 나를 불렀다.

고개를 돌리니 싱긋 웃는 실라와 쿠에나가 있었다.

"오오. 너희도 돌아왔구나. 나도 멀리서 막 돌아온 참이야. 우연이네."

"우연은 무슨. 너 국경선 의뢰를 받았지?! 그거 때문에 우리 일이 없어졌어."

쿠에나가 허리에 손을 얹으면서 말했다.

아무래도 근처에 있다가 엇갈린 모양이다.

"어, 진짜? 거기라면 지장이 없을 줄 알았는데……."

"네가 싸웠던 곳이 격전지였을 뿐이고, 다른 곳은 거의 수습되어가던 상황이었으니까. 네가 갔던 곳에 마족이 가장 많았어. 이런 일은 범위보다 상대의 수를 보아야 할 때도 있다고."

"그래도 역시 지드야! 나는 이번에 마족과 싸우질 않아서 모르겠지만, 용병단이 깨질 만큼 강한 상대였다면서?"

쿠에나가 날 지적하건 말건 실라는 신난 강아지처럼 흥분해서 내게 달려왔다.

실라의 부드러운 감촉이 내 온몸을 자극한다……!

"걔, 지드랑 못 만나서 호의 게이지가 상당히 쌓인 것 같아."

"그랬구나. 그래도 슬슬 떨어지는 게……."

실라의 가슴은 여성의 평균을 크게 웃돈다.

이렇게 밀착하면 폭주할 것 같다.

"뭘, 모르네. 그게 네가 받는 '호의'야. 남녀관계에서 말하는 그런 거."

"……어엇? 그, 그래?"

이럴 수가…….

남녀관계! 크제라 기사단에 있을 때 동료한테 반쯤 과장된 이야기를 들은 적이 있다. 세상에는 그런 게 있다고.

하지만 내 근처 옆에서 이런 일이 일어나리라고는 상상도 하지 못했다……!

"므흐흐. 지드의 심장 고동이 빨라진 거 같은데?"

실라가 눈을 위로 뜨고 이쪽을 보면서 도발적으로 말했다.

하지만 나에게도 큰 가슴을 통해 실라의 심장 소리—— 즉 동요가 느껴진다……!

부끄러움에 얼굴을 빨갛게 물들인 실라의 모습이 묘하게 선정적으로 보여서 하반신이 반응할 것만 같았다.

"저기요~, 여기 일단 공공장소거든요? 애정행각을 하실 거면 셋이 여관에 가서 하세요."

결국 보다 못했는지 카운터에서 접수원 아가씨가 차가운 시선으로 우릴 노려보며 말했다.

정신이 화들짝 들어 주위를 둘러보니 다른 모험가들이 거북해하고 있었다.

몇몇은 살의를 담아 날 째려보고 있었다.

"잠깐만?! 왜 나도 포함된 거야?!"

쿠에나가 접수원 아가씨에게 항의했다.

"또 그러신다~. 그걸로 숨길 생각이었어요? 실라 님을 부럽다는 듯이 보고 있었잖아요."

"아, 아니, 무슨 소리를⋯⋯!"

내가 접수처 아가씨의 말을 듣고 쿠에나에게 시선을 돌리자 눈이 맞았다.

그러자 쿠에나가 얼굴을 새빨갛게 물들이며 고개를 숙였다.

어, 뭐지 이게.

생전 처음 겪는 상황에 광경에 넋이 나갈 것 같다.

나는 이대로⋯⋯ 긴장과 흥분에 휩싸여 죽는 건가? 행복해서 숨이 멎는 건가?

과거의 일이 주마등처럼 흘러간다──.

전부 살기 위해 필사적으로 싸운 기억뿐──.

아아, 안 된다. 여기서 죽을 수 없다.

난 지금까지의 마이너스를 다 되돌려 받아야 한다.

죽으면 안 된다.

그런데 플러스가 너무 빠르다. 버틸 수가 없다. 머리가 터질 것만 같다. 이야기를 돌리자.

뭔가⋯⋯ 뭔가⋯⋯.

문득 쿠에나와 실라의 옷에 흙먼지가 묻어있는 것이 보였다.

"여기 먼지 묻어있어. 의뢰를 끝내자마자 돌아온 거야?"

"⋯⋯윽."

그러자 갑자기 쿠에나가 난처한 듯이 얼굴을 돌렸다. 그대로 잠시 침묵하더니 이윽고 머리를 숙이며 내게 사과했다.

"미안. 돌아오는 길에 이상한 여자와 시비가 붙었는데, 둘이서 상대하고도 졌어."

"둘이서 상대했는데도 졌다고? 아니, 그보다 왜 나한테 사과하는 거야?"

"그 사람이 우리가 지드의 파티에 들어가고 싶다고 얘기하는 걸 들은 것 같은데, 뭔가 착각했는지 우릴 상대하면 네 실력을 알 수 있다고 하면서 덤볐거든."

실라도 미안하다는 듯이 눈을 내리뜨고 있었다.

아아, 그렇군.

아무래도 의도치 않게 내 이름을 짊어지고 싸웠다가 진 모양이다. 그래서 내 이름에 흠집을 냈다고 생각하는 것이다.

"괜찮아, 그런 건 쓰지 마. 오히려 그런 이상한 녀석한테 시비에 걸려서 큰일이었지. 너희가 무사해서 다행이야."

어차피 나에게 거창한 명성은 없다.

F랭크 의뢰도 처리한 적이 있고, 가끔 문제의 근원 취급을 당하기도 하니까…….

새삼 흠집 날 것도 없다.

"지이드으~~~!"

실라가 감격했는지 당장이라도 울 것 같은 표정을 지었다.

"반드시 지드와 어울리는 파티 멤버가 될게……!"

"나도 다음에는 안 질 거야. 절대로."

두 사람의 눈에 확고한 의지가 깃들었다. 이거면 됐다.

"그럼 난 리프에게 용무가 있어서. 두 사람 다 열심히 해."

"아웃~."

나는 나와 떨어져서 아쉬운 듯이 귀여운 소리를 내는 실라를 두고 위층으로 향하는 계단을 올랐다.

그나저나, 요즘 이상한 녀석과 엮이는 사건이 많은데.

내가 머물던 숙소에도 이상한 여자가 찾아왔었고.

이래저래 어수선한 세상이라서 귀찮은 녀석이 잔뜩 활개 치는 걸까.

◇

길드 마스터실의 문을 노크했다.

"들어오게나~."

리프의 목소리가 들려 나는 문을 열고 안으로 들어갔다.

안에는 작은 소녀가 아이들 크기로 특별 주문한 듯이 보이는 고급스러운 집무 책상과 의자에 앉아있었다. 갭의 소굴 같은 방이다.

물론 손님용 테이블과 의자는 평범한 크기다.

난 거리낌 없이 '어른용' 의자에 앉았다.

"늘 아무 때나 찾아오는데, 항상 있네. 한가해?"

"뭐냐, 이 몸을 만나서 기쁘지 않나? 좀 더 기뻐해도 좋네만?"

리프는 평소와 마찬가지로 다소 거만한 자세였다.

리프가 자리를 비워도 접수원 아가씨한테 맡겨 두면 대부분은 문제없이 돌아갈 거다.

하지만 리프는 모험가 길드의 수장이다.

나는 수장이 일을 안 하면 왕국 기사단 시절이 떠올라서 불안하다.

"수장이 안 움직이면 뭔가 영 불안하단 말이지."

"푸풉. 불안하다니, 귀엽구먼. 안심하게. 길드는 이 몸이 요란하게 움직여야만 돌아가는 조직이 아니야."

리프는 즐거운 듯 아장아장 귀여운 스텝을 밟으면서 내 반대편에 있는 의자에 앉았다.

"의뢰 완수 보고를 하러 왔겠지? 완료 도장을 찍어줄 테니 의뢰서를 내놓게나."

리프가 의뢰서를 넘기라고 작은 손을 팔랑팔랑 움직이며 말했다.

변함없이 선명한 황금색 눈동자가 반짝반짝 빛나 보였다.

"자, 여기."

"음. 이번에도 훌륭하게 처리했군. 이게 보수라네."

"확실히 받았어. ……그리고 보고할 게 좀 있는데."

"무슨 일이냐?"

리프가 고개를 갸우뚱하고 옆으로 기울였다.

"실은 이번에 마족과 싸울 때 위화감을 느꼈어. 한 사람의 몸

안에서 질이 다른 여러 마력이 느껴지더군. 전에 싸웠던 마족보다 몇 배나 강하고 말이야. 별로 느낌이 좋지 않아."

"호오? 즉 부자연스러운 변화가 있다는 말인가?"

역시 이해가 빠르다.

과연 리프도 이상하게 생각하는지 턱에 검지와 엄지를 대고 골똘히 생각했다.

"으음. 가장 큰 가능성은 아마 타인의 마력을 흡수한 게 아닐까 싶네."

"타인의?"

"음, 최근 일어난 분쟁에서 마주친 마족들은 정예 같은 느낌이었다고 하네. 어쩌면 희생을 줄이고자 다른 마족의 마력을 빌려서 소수 정예로 전투에 임하는 걸지도 몰라."

그렇게 생각하는 것이 타당할 것이다.

내가 도달한 답과 거의 같다.

타인의 마력을 빌리는 것 자체는 어렵지 않다. 매직 아이템을 이용하거나 접촉만으로 마력을 주고받을 수 있다. 탁월한 마력 조작과 기술을 가진 마족들은 더 간단할 것이다.

이렇게 마력을 모으면 평소보다 강력한 마법을 쓸 수 있다.

소수 정예 전략도 합리적이다.

정예 마족 하나가 용병단 하나와 맞먹는 힘을 갖춘다면 전장에서 게릴라 작전을 유용하게 펼칠 수 있다.

그러나 이렇게만 보면 지극히 합리적인 사고방식이지만, 의문점이 하나 있다.

"그런데 자존심이 센 마족이 그리 쉽게 타인에게 마력을 양도할까?"

"그게 문제지. 전투를 위해 마력을 양도한다는 건 자기보다 상대가 더 뛰어나다고 인정하는 꼴이니까. 평범한 마족이라면 거부하는 자가 적지 않을 것이야."

리프도 머리를 싸매고 있다.

가족끼리는 빌려줄 수도 있겠지만, 그럴 바에는 차라리 같이 가서 싸우는 게 마족의 사고방식이다.

그리고 마족의 목적도 가늠하기 어렵다. 용병단을 상대하는 게 목적이라면 게릴라 작전이 유효하지만, 국경선을 바꾸기 위한 싸움이라면 왕국이 약해진 틈을 노려 전면전쟁을 거는 게 더 유리하다.

지금 단서로는 그들의 의도를 짐작할 수가 없다.

"그보다 의문으로 느꼈다면 잡아서 심문하면 되지 않았나?"

"물론 했지. 다들 죽어도 말을 안 했을 뿐이지."

이상하리만치 공포에 떨다가 스스로 목숨을 끊은 자도 있을 정도였다.

순순히 대답하는 녀석이 있었다면 좋았겠지만.

"흐음…… 무서운 이야기로군. 대성기도장이 열리기 직전에 듣고 싶지 않아."

대성기도장.

요즘 자주 듣는 단어다.

아스테라교가 여신 아스테라에게 기도하는 장소.

단순히 기도를 올리기 위해 다른 나라에서 오는 사람도 적지 않다고 하며, 올해는 특히 많을 것으로 예상한다는 모양이다.

"뭐, 목적이 무엇이든 주의하는 수밖에."

"그래. 마족이 전보다 강해졌다면 경계를 게을리할 수 없지. ……아, 말이 나와서 말이네만, 지드는 대성기도장에 갈 생각은 없나?"

나는 고개를 좌우로 흔들었다.

"말도 안 되지. 크제라 왕국의 반파는 내가 초래한 일이라 해도 과언이 아냐. 그들이 기도할 일 중 하나를 내가 제공한 꼴이잖아."

"뭐, 그건 그렇지……."

내가 가도 '이 녀석은 무슨 낯짝으로 온 거지?'라는 시선만 받을 거다.

필이라는 검성도 그랬다.

그녀는 신성 공화국이 받은 피해의 책임이 나에게 있다고 생각하는 것 같았다.

그녀 외에도 증오할 대상을 원하는 녀석은 얼마든지 있을 것이다.

"다만, 카리스마 파티의 멤버로서 여신 아스테라에게 경건한 태도를 보여줄 필요가 있어서 말일세. 이념적으로는 대중 친화적인, 진지한 파티니 말이야."

"신앙심이 깊은 편이 좋다는 건가?"

"음. 무신론자보다 신앙이 있는 자가 더 신뢰받기 쉬우니까. 같은 종교를 가진 자들에게는 더욱 그렇겠지."

"그런가. ……뭐, 이유는 알겠지만, 그래도 이번에는 피해야겠지. 내가 얼굴을 비췄다가 괜한 마찰이 생기면 길드의 간판에 흠집만 날 거야."

"그런 것까지 신경 안 써도 되는데. 하지만 그대도 길드를 걱정해주고 있다는 뜻이군. 캇캇캇."

리프가 기쁘게 웃었다.

난 항상 길드를 생각하는데. 길드에 받은 은혜가 있으니 딱히 이상한 일이 아닐 것이다.

추천을 해줬다는 녀석들에게도 감사 인사를 해야 한다. 왜 날 추천한 건지는 짚이는 바가 전혀 없지만.

"하지만…… 아스테라교를 알기엔 좋은 기회이려나."

나는 나지막이 그렇게 중얼거렸다.

당연히 이 모습 그대로는 대성기도장에는 갈 수 없지만.

제4화 추억담

어느 소녀의 이야기다.

평범한 사람이 마법 하나를 익히려면 1년 이상이 걸린다.

그리고 마법의 기초인 마력의 흐름을 이해하고 마법으로 전환하는 방법을 익히는 건 10년이 걸린다.

그러니 마법 하나를 사용하기까지 최소 11년. 그것이 보통이다.

하지만 항상 예외가 있다.

고작 다섯 살에 마법을 다루기 시작한 자가 있는가 하면 마법하나를 한 달 만에 익히는 자도 있다.

사람들은 이들을 천재라고 부른다.

그러나 그 소녀는 철이 들기도 전부터 치료 마법을 사용했다.

역대 '성녀'들조차 뛰어넘는 재능이었다.

아스테라교의 사제인 소녀의 부모님은 이 재능을 가난한 자들에게 베풀었다.

당연히 좋은 평판이 돌았다.

사람들은 그녀의 부모님을 선인이라 칭찬했고 소녀를 성녀라고 칭송했다.

――하지만 어느 날.

소녀와 부모를 태운 마차가 인적이 적은 숲에서 습격을 받았다.

정예 호위 기사들이 간단히 쓰러져 갔다.

신성 공화국과 어느 왕국의 국경 부근에서 일어난 일이었다.

습격범은 마족.

무슨 수를 쓴 건지 보통 마족보다 훨씬 강화된 마족은 간단히 부모의 목숨을 빼앗았다.

낳아주고 길러준 부모님이 눈앞에서 찢겨 죽어갔다.

마족은 말했다.

"이걸로 우리 마음대로 되겠군."

"그래, 우리는 더 강화된다. 수도 늘릴 수 있어."

당연히 소녀는 그들이 무슨 말을 하는지 이해할 수 없었다.

그저 눈앞에 굴러다니는 몸통과 머리가 뜯겨 흩어진 부모에게 치료마법을 거는 게 고작이었다.

어찌할 바를 몰랐던 것이다.

이미 죽었다는 것을 그녀가 알아차리지 못했을 리가 없다.

설령 성녀라고 불린다고 하더라도 목숨만은 되돌릴 수 없다는 걸 알고 있다.

그것은 어쩌면 눈앞에 있는 마족에게서 눈을 돌릴 수단이었을 지도 모른다.

마음을 후벼파는 공포로부터 도피하고 싶었다.

"이 녀석, 어쩌지?"

"아직 이용 가치는 있다고 하는데, 보고 있으면 기분 나쁘니까 죽이자.”

  몸을 움찔 떨었다.

  살해당한다.

  죽고 싶지 않다.

  하지만 도망칠 수 없다.

  싸울 방법이 없다.

  소녀는 치료마법밖에 못 쓴다.

  전투 지식도 경험도 전혀 없었다.

  죽는다.

  ……죽는다.

  각오를 하려고 해도 그럴 수 없었다.

  역시 누구든 죽는 건 무섭다. 싫어. 싫어. ──아스테라 님!

  소녀는 부모님이 기도하고 자신도 기도하는 존재에게 다시 기
도를 올렸다.

  부모님이 준 여신 아스테라를 본뜬 펜던트를 양손으로 쥐고 기
도했다.

  마력이 흡수되었다.

  ──아스테라 님.

  ───아스테라 님……!

  몇 번이고 기도한다.

  몇 번이고 마력이 흡수되었다.

  눈을 감고 몇 번이고, 몇 번이고.

"으응? 이 녀석 기도하는 건가?"

"흠, 아스테라 펜던트네."

"큭큭, 그런 걸로—— 억……."

마족의 말이 갑자기 중단되었다.

공포로 눈을 감고 있던 소리아의 귀에 무거운 것이 땅에 떨어지는 소리가 들렸다.

"뭐, 뭐냐 네놈은!"

"크제라 왕국 기사단의 지드다."

크제라 왕국 기사단. 이웃 나라의 기사단이었다.

털썩.

또 뭔가가 떨어졌다.

소녀가 돌아봤다.

"지드……?"

소녀는 그가 마족을 쓰러트렸다는 걸 깨닫고 무심코 이름을 되뇌었다.

모르는 얼굴이었다.

흑발과 검은 눈, 큰 키에 야윈 몸. 눈가에는 피로 때문인지 다크서클이 있었다.

얼핏 보면 수수하고 그림자 같은데 소녀는 그 지드라고 이름을 댄 남자에게서 쏟아지는 듯한 빛을 느꼈다.

마치 태양을 바라보는 듯한 기분이었다.

어딘지 부드러운 느낌이 드는 눈동자와 눈이 맞아 자기도 모르게 눈물이 넘쳐흘렀다.

"무사한 것 같네. 다른 사람은…… 늦었나."

"우, 우으……!"

소녀는 안도하여 가슴을 쓸어내렸다.

그리고 동시에 죽어간 가족, 호위 기사들에게 눈물을 흘렸다.

상실감에 이를 떨었다.

남자의 큰 가슴팍에 몸을 맡기니 여러 감정의 탁류가 눈물이 되어 흘러 떨어져 갔다.

"늦어서 미안해. 이 일 전에 다른 일이 있었어."

지드는 일이라고 말했다.

하지만 소녀에게 그는 '희망'이자 '구원'이었다.

안아주는 지드의 따뜻함에 긴장이 풀렸다.

"으아아아아아아아아아앙!"

소녀가 우는 소리가 온 숲에 울렸다.

그 후, 무사히 신성 공화국에 돌아간 소녀는 지드라는 남자의 등을 쫓아 '희망'을 주는 사람을 목표로 삼아 활동했다.

왜 부모님이 표적이 되었는지는 조사해도 알 수 없었다.

아무튼 부모님의 몫까지 한결같이 활동했다.

언젠가는 역병이 유행한 마을을 통째로 정화했다.

언젠가는 분쟁이 끊임없이 일어나는 지역까지 가서 전쟁을 멈춘 일도 있었다.

그리고 언젠가는 한 소녀를 구하기 위해 사흘 밤낮을 내리달은 적도 있었다.

소녀는 어느샌가 별처럼 반짝이는 존재라고 칭송받으며 이렇게 불리게 되었다.

——광성의 성녀라고.

그 소녀는 지금도 지드의 등을 쫓고 있다.

◇

그 소녀는 변경에 살고 있었지만, 가난을 경험한 적이 없었다.

유복하지 않았지만, 마음이 행복으로 충만했다.

아스테라교의 신부인 아버지와 두터운 신앙심을 가진 어머니.

마을 사람도 좋은 사람들 뿐이라 즐거운 나날이 이어지고 있었다.

어느 날, 부모님과 마을 사람들이 신도에 조사를 나가는 일이 생겼다.

당시의 스피는 단순한 소풍 같은 것으로 생각했다.

그렇게 일주일이 지나고, 한 달이 지나고—— 석 달이 지났을 무렵, 편지가 도착했다.

부모님이 보낸 편지였다.

'아스테라교는 수상한 점이 많다.'

'그걸 조사하기 위해 신도까지 왔다.'

편지에는 그렇게 적혀있었다.

거기에는 추측이라고 하면서도 확신을 두고 기록한 아스테라교의 악행이 나열되어 있었다.

'지금의 아스테라교는 마족과 연관이 있다.'

'여신 아스테라에게 가야 하는 마력이——.'

스피는 묵묵히 읽었다.

마지막 한 줄까지.

'미안하다, 스피. 네가 이걸 읽고 있을 때는 우린 죽었을 거다. 이 편지는 우리가 죽으면 네게 가도록 해두었다. 곧장 옷장 가장 위를 열어보아라. 천에 감싸인 검이 들어있을 것이다. ——그것은 옛날에 역대 용사님 중 한 분이 우리 조상님께 맡긴 성검이다.'

'바라건대 너 자신을 지키기 위해 써주길 빈다. 우리처럼 무모한 짓을 하지 말고 얌전하게 살았으면 한다.'

'정말 미안하다.'

편지 마지막에는 눈물 자국이 있었다.

"왜…… 나한테는 살라고 말하고는…… 엄마랑 아빠는 그런 짓을 한 거야…….'

처음엔 공허한 기분이 들었고, 차차 분노가 싹트기 시작했다.

시간이 지날수록 진상이 눈에 보이기 시작했다.

부모님은 거짓말을 할 사람들이 아니었다. 부모님이 남긴 마지막 편지는 서서히 현실감을 품기 시작했다. 모든 것이 진실이라고.

진실을 알아갈수록, 부모님의 원통함이 느껴졌다.

신심 깊은 그들이.

아스테라에게 선택받은 용사가 구한 이 마을의 사람들이.

검게 물들어가는 교단을 놔둘 수 없어서 일어선 그들이.

이런 비극적인 결말을 맞이해야 하는 게 너무나도 분하고 원통했다.

하지만 스피는 성검을 뽑지 않았다.

아니, 뽑을 수 없었다.

칼집이 녹슬어 뽑을 수 없었다.

이걸로 어떻게 몸을 지키라는 건지 의문이었지만, 손에서 놓지는 않았다.

다만, 대신 자신의 마음에 검을 품었다.

진ㆍ아스테라교라는 조직도 세웠다. 처음엔 마을 사람이 신도가 되었다. 마을 사람에게도 조사하러 간 친척이 보낸 편지가 와 있었다. 그들은 하나같이 스피와 똑같은 마음을 품고 있었다.

아스테라교에 찍혀 아버지나 어머니의 전철을 밟게 될지도 모른다.

그래도 자신이 죽어도 신자들이 유지를 이어줄 거라는 생각이 들 정도로 조직이 거대해졌을 때, 왕도나 각국의 수도에 포교하러 다니기로 결단했다.

지금의 아스테라교는 수상하다고. 진짜 아스테라교는 여기 있다고.

이름도 실적도 없는 계집애의 이야기를 듣는 건 제정신이 아닌

놈들이라며 비방당한 적도 있었다.

한편으로 그 진지한 활동에 감동하는 자도 적지 않았다.

지금의 아스테라교에 불신감을 가지고 진·아스테라교에 경도된 자도 있었다.

그리고 진·아스테라교가 커졌을 무렵, 스피는 용사가 선정된다는 이야기를 들었다. 여신이 정하는 용사가 아니라 용사 협회가 선정하는 용사였다.

이 무렵에 스피는 성검에 대해서 조사하고 있었다.

성검은 하나가 아니라 여러 종류가 있다. 스피가 가지고 있는 검은 '성검이 선택한 사람에게 힘을 부여하는' 검이었다.

스피는 이 기회에 여신의 선택이 아닌 인간의 선택으로 '용사'가 될 인물을 성검이 어떻게 판단할지를 보기 위해 용사 최종 선정 회장으로 향했다.

아스테라교라는 최대세력을 자랑하는 종교가 이상해진 현 상황을 타파해줄 '구세주'를 찾기 위해.

확실히 후보들은 모두 강해 보였다. 하지만 성검은 콜로세움의 필드에 선 그 누구에게도 반응하지 않았다.

스피는 낙담했다. 용사를 찾기란 그리 쉽지 않은 것 같았다.

그런 때에 재앙이 일어났다.

용의 대군이 신도를 습격해온 것이다.

그런데 이때서야 '성검'이 반응을 보였다.

성검이 가리키는 건 필드에 선 누구도 아니었다.

관객석에서 한가하게 지켜보고 있던 남자였다.

'……구세주님……!'

지금까지 마구잡이로, 그래도 필사적으로 싸워온 소녀에게 있어서 그 남자는 한 줄기 빛이었다.

견디기 힘든 절망을 깨부숴줄 희망이었다.

그래서 그 자리에서 말을 걸려다가── 그만두었다.

우리에게 협력했다가 아스테라교가 그를 노릴 수도 있다.

그는 길드의 S랭크 모험가였다.

그에게는 그의 지명도가 있을 것이다. 그런데 악평뿐인 진·아스테라교에 협력한다고 소문이 퍼져 누를 끼친다면?

아직은 때가 아니다.

스피는 그렇게 생각했다.

하지만 언젠가 반드시 그 순간이 오면.

스피는 그에게 성검을 쥐여줄 것이다.

제5화 싸움

대성기도장.

감상을 한마디로 말하자면 무척 광대하다.

중앙에 여신의 거상이 있고 그 주변으로 넓게 높이가 3m 정도 되는 벽이 둥글게 둘러싼 장소다. 문은 사방에 네 개 있으며, 그 문으로 사람들이 쉴 없이 들어오고 있었다.

소리아와 신성 공화국 기사단은 거상의 발아래 받침대 앞에 있었다.

그 외에는 아무것도 없었다. 무척 단순한 구조다.

하지만 대충 보아도 이미 5만 명은 모인 듯했다.

벽 바깥으로도 입장을 기다리는 사람들로 가득했다.

하지만 이상하게도 좁다는 느낌은 안 들었다.

거상도 비를 맞으면 녹이 슬 텐데 항상 관리를 꾸준히 하고 있는지 아름답게 반짝이고 있었다.

여러모로 신기한 장소다.

"오, 형씨 오랜만이구먼."

내가 기도장을 바라보고 있으니 누군가가 나에게 말을 걸었다.

뒤를 돌아보니 묘하게 눈동냥이 있는 얼굴이 눈에 들어왔다.

"어……."

어디서 만났더라?

"뭐야, 잊어버렸나? 저번에 진·아스테라교 권유 전단을 줬었 잖아."

"아아~."

왕도에서 진·아스테라교의 권유 활동을 보고 있을 때 내게 전 단을 나눠준 사람이었다.

용케도 날 기억하고 있었다.

아니 오히려 가면을 쓰고 있어서 기억한 걸까.

리프는 굳이 숨어서 견학하지 않아도 괜찮다고 말했지만, 나는 만일을 위해 가면을 쓰고 왔다.

두드리면 소리가 날 정도로 딱딱해서 조금 쓰기 불편하긴 하지 만 정체는 감출 수 있었다.

행인들이 가끔 의심스러운 눈초리로 쳐다봐서 마음이 아프지 만 그건 어쩔 수 없다.

"당신은 어느 종교지? 결국 그 뒤로 얼굴을 못 봤는데."

"딱히 어느 쪽도 아니야, 오늘은 구경 왔을 뿐이고."

"그런가. 그거 시기가 좀 안 좋군. 다른 날에 다시 오는 편이 좋 을 거 같은데."

남자가 씁쓸한 표정으로 말했다.

뭐가 안 좋다는 걸까. 사람이 많아서 불편하다는 이야기인가?

"지금 돌아가도 아무 의미가 없어. 그보다 여기는 아스테라교 신자가 아닌 사람도 올 수 있는 건가? 내 종교를 물어봤다는 건 아스테라교 이외의 사람도 올 수 있다는 거겠지?"

"그야 당연하지. 아스테라 님을 모시는 종교가 아스테라교만 있는 건 아니니까. 우리 진·아스테라교 외에도 여럿 있어."

그러고 보니 여기는 왕도에서 느낀 진·아스테라교를 박해하는 언동이 없었다.

오히려 자연스럽게 녹아들어 있다.

잘 보니 사람들 틈에 스피의 모습을 비롯해 여러 종교의 사제들이 뒤섞여 있었다.

"하지만 이곳을 관리하는 건 결국 아스테라교가 아닌가? 정말 괜찮은 건가?"

"그야 물론 항상 이런 건 아니지. 하지만 올해는 예외야. 세상이 혼란스러우니까. 단결해야 할 때인 거지. 그리고——."

남자가 올려다봤다.

푸르게 빛나는 하늘이 아닌 아스테라 거상을 보고 있었다.

"——결국 우리는 모두 아스테라 님을 신앙하는 사람들이 아닌가."

"그렇군."

보니까 이곳에 있는 모두가 고개를 들고 있었다.

단결.

내가 보기엔 아스테라교가 주도권을 쥐는 꼴이지만, 같은 신앙을 가진 자들에게 그런 세력 다툼은 흥미가 없는 걸까.

아니면 아스테라에게 마력을 보낼 수 있다면 누구의 기도든 상관없다고 생각하는 걸까——.

◇

광장이 꽉 들어찰 때쯤, 입구에 제한이 걸렸다.

다만 앉을 여유 정도는 있다. 누군가 상태가 안 좋아졌을 때를 위해 남겨뒀을 것이다.

벽 위에 서 있는 아스테라교 사람들이 몇만 명이나 되는 사람들을 빈틈없이 관리하는 건가. 제법 대단하다.

게다가 모두 상당한 마력을 지니고 있다. 교단 관계자로 위장해서 광장을 경호하는 기사이거나, 아니면——.

거기까지 생각한 나는 고개를 저었다.

여긴 신성 공화국 안이다. 아무리 그래도 그럴 일은 없을……것이다.

게다가 마력도 한 사람에 하나밖에 느껴지지 않는다. 내가 너무 지나치게 생각한 거다.

『여러분, 모여 주셔서 정말 감사합니다.』

갑자기 남자의 목소리가 울렸다.

거상의 발치에 있는 동상 받침대 위에 매직 아이템 확성기가 있었다. 사제복을 입은 남자가 거기서 말하고 있었다.

아니, 사제보다 좀 더 화려한 의상이었다. 파란 머리칼의 남자인데, 사제라기보다는 전투원이 어울리는 분위기였다.

『작금의 불안정한 정세 속에서도 여신 아스테라 님의 가호가 있으면──.』

등등.

과거, 현재, 미래 이야기를 아스테라와 엮어서 말했다.

그 이야기에 눈물짓는 자도 있었다.

여기에는 괴로운 경험을 해온 사람이 적잖이 있다는 뜻이다.

하지만 옆에 있는 남자를 포함해서 스피를 둘러싼 진·아스테라교 신자들로 보이는 사람들은 비통하다기보다는 불쾌한 표정을 짓고 있었다. 아니, 정확히는 뭔가를 기다리는 듯한 초조한 얼굴이었다.

『그럼 이야기는 장황하게 하지 말고 짧게 끝내도록 합시다. 기도 시간으로 넘어갑니다.』

그렇게 사제로 보이는 남자가 말했다. 그러자 광장 내외에서 환성이 들려왔다.

게다가 일부는 '우오오오!'라며 외치기까지 했다. 뭘 그렇게 기뻐하는 걸까.

소리 높여 기도하는 의례라도 있는 걸까. 아니면 사제의 이야기가 길다고 느낀 일부 청중이 환호한 걸까.

그러나 곧바로 나도 이유를 깨달았다.

동상 받침대에 소리아가 올라왔다. 그녀가 얼굴을 보이자 광장 안이 더 들끓었다.

『외람되지만 저 소리아 에이든이 기도를 집전하도록 하겠습니다.』

소리아가 그렇게 말하면서 가볍게 머리 숙여 인사했다.

그 모습을 보고 청중이 땅을 흔들 정도로 들썩였다.

아스테라가 아니라 성녀 소리아의 종교라는 생각이 들게 할 정도의 활기였다.

『모두 신상(神像)을 향해 기도해주시기 바랍니다.』

소리아가 뒤에 있는 거상을 가리키며 설명했다.

신도가 기도에 이용하는 물건은 다양하다.

펜던트나 주먹 크기의 물건부터 저런 거상까지.

이 물건들이 매개체가 되어 여신에게 마력을 보낸다.

이건 내가 여기에 오기 전에 조사한 이야기다. 단순히 여기 와서 보기만 해도 알 수 없을 테니 미리 조사해뒀다.

『그럼 기도합시다.』

소리아가 손을 모으고 눈을 감고 기도하기 시작했다.

그에 맞추듯이 사람들도 손을 모으고 기도하기 시작했다. 마력이 동상으로 흘러가 축적되어 갔다.

──아니 축적되는 것처럼 보였다. 하지만 내 눈에는 기묘한 마력의 흐름이 보였다.

마력이 동상을 경유해서 전혀 엉뚱한 곳으로 흐르고 있었다. 마력이 다다르는 곳은 소리아가 연설하기 전에 동상 받침대에 섰던 남자와 벽 위에 있는 아스테라교 신자들이었다.

그들의 몸속에 기도로 바쳐진 여러 사람의 마력이 차차 축적되어 갔다.

마치 얼마 전 전장에서 보았던 여러 마력을 품은 마족처럼.

하지만 더 놀라운 광경은 따로 있었다.

"거기까지예요! 아스테라교 대사제—— 자이 폰데!"

스피가 마치 모든 걸 알고 있다는 듯 소리쳤다.

어느새 내가 보고 있던 마력의 흐름이 붉게 물들었다. 이건 전투 경험이 없는 일반인이 마력의 흐름을 볼 수 있게 하는 방법이다.

스피가 소리쳐서 기도는 강제적으로 중단되었다.

"여러분, 이 빨간색은 마력이에요! 여신 아스테라님께 가야 하는 여러분의 마력이에요! 그걸 대사제 자이 폰데와 아스테라 교도들이 흡수하고 있어요!"

소녀의 말에 주위가 술렁이기 시작했다.

"이미 여러 소문이 돌고 있었을 거예요! 아스테라교의 불상사를 못 들은 분이 더 적을 거예요! 아스테라교를 마족이——!"

"——크하핫. 이제 충분하다."

자이 폰데가 스피의 말을 가로막으며 소리아 옆에 섰다.

그 얼굴에는 사악해 보이는 웃음이 들러붙어 있었다.

"이제 됐다."

자이가 손가락을 딱 울렸다.

그러자 마력이 여신의 거상으로 돌아가더니—— 갑자기 신상이 폭발했다. 거대한 쇳덩어리가 안쪽에서부터 부풀어 오르듯이 파열했다.

귀를 찢는 듯한 소리와 함께 파편이 광장에 모인 사람들을 향해 쏟아졌다.

"지금이에요!"

스피가 외쳤다.

즉각 수많은 마법진이 견고히 전개되었다. 그녀들 역시 미리 대비했던 모양이다. 제법 용의주도하게 보였다.

스피를 중심으로 광장 여기저기, 그리고 광장 바깥에도 방어 마법진이 전개되어 쇳덩어리의 비로부터 사람들을 지켰다.

"흐음. 제법이군."

자이가 칭찬하면서 몸을 뒤틀린 모양새로 바꾸어 갔다.

아니, 바꾼다기보다는 원래 몸으로 돌아간다고 말하는 편이 더 정확할까.

머리카락이 사라지고 파란 피부와 검붉은 눈동자, 그리고 날카로운 엄니를 가진 마족이 되었다. 등에는 검은 날개가 돋아났다.

"마족……! 역시 아스테라교는 마족에게 조종당해서……! 여러분, 도망치세요! 여긴 진·아스테라교가 맡겠습니다!"

스피가 말했지만, 그 말에 반응한 자는 없었다.

갑자기 일어난 일에 모두 넋을 잃고 서 있었다.

그런 가운데──.

"자이 폰데!! 소리아 님에게서 떨어져라!"

"'검성'인가! 크핫핫, 역시 빠르군!"

언젠가 여관에서 시비를 걸어온 여자였다.

그녀의 은백색 검이 자이를 덮쳤다. 하지만 자이는 예리해 보이는 필의 검을 맨손으로 튕겨냈다.

쇠와 쇠가 맞부딪치는 둔탁한 소리가 울려 퍼졌다.

"──흠, 옛날이었으면 당했을지도 모르겠군."

그런 여유를 띤 자이의 중얼거림이 확성 매직 아이템을 통해 퍼져나갔다.

직후 필이 자이의 발차기를 맞고 멀찍이 나가떨어졌다. 동상 받침대 일부가 무너졌다.

확성기에서 소리아의 비명도 들려왔다.

"들어라, 어리석은 인간들이여! 방금 보았듯이 너희의 기도는 우리의 힘이 되었다! 여신 아스테라? 흐하하하! 그건 환상이다! 너희의 기도는 모두 헛된 일이었다! 자, 열등하고 무가치한 인간들이여, 이 제7 마귀족이자 차기 마왕인 유세프 님의 손에 죽어라!!"

그 말을 신호로 벽 위에 있던 아스테라교 신자들이 마족의 모습으로 변해 비웃음을 흘렸다.

광장 전체가 술렁였다.

갑작스러운 이상 사태에 '무슨 행사인가……?'라며 현실 도피하는 자도 있었다.

하지만 내 옆에 있는 진·아스테라교 남자는 괴로워 보이는 얼굴로 마력이 바닥날 것 같아도 방어 마법진을 전개하고 있었다.

양손에는 매직 아이템이 쥐어져 있었다.

매직 아이템에 마력을 담으면 방어 마법진이 발동하는 장치일 것이다.

"한 번 더 말하겠습니다! 도망치세요! 저희 진·아스테라교가 막겠습니다!"

이번에야말로 스피의 말을 듣고 한 명, 또 한 명씩 연쇄반응이 일어났다.

차차 네 개의 문을 둘러싸고 다툼이 일어났다. 빨리 가라, 빨리 가라며 고함이 울려 퍼졌다.

그 모습이 재미있다는 듯이 바라보는 마족이 진·아스테라교의 신자들이 구축한 방어를 향해 공격 마법을 날렸다.

물, 불, 바람, 번개, 흙, 혹은 창, 검, 도끼, 화살…….

방대한 공격의 폭풍. 마법진에 차츰 균열이 생겼다.

(내가 도와줘야 하나.)

이제는 길드의 간판 운운할 때가 아니다.

게다가 소리아에게 문제가 생기면 카리스마 파티에도 지장이 생긴다.

내 주위에도 사람의 거의 없어졌으니, 땅에 균열이 갈 정도로 거리낌 없이 다리에 힘을 넣었다.

"이, 이봐 형씨, 당신도 늦기 전에 어서 도망……!"

"조금만 더 버텨줘."

"뭐?!"

의외로 시선이 닿는 범위라면 전이 마법을 쓰는 것보다 다리에 힘을 주고 돌격하는 편이 좋을 때도 있다.

이 일의 주도자는 자이 폰데…… 아니, 유세프인가.

아무튼 중앙에 있는 마족이다.

다른 사람들은 방어 마법이 지키고 있다. 나는 그 틈에 소니아를 녀석과 떼어놓으면 된다.

마력을 흡수해서 강화된 유세프는 얼마나 강한지 바닥이 보이지 않았다. 어설프게 전이할 바에는 여기서 직접 치고 들어가는 게 나았다.

내가 땅을 박찬 순간 쿵 하고 땅이 울렸다.

경치가 순식간에 변했다.

내 눈앞에는 유세프가 있었다.

"뭐냐, 너──."

유세프는 힘에 취해 방심했다. 필의 검을 막았듯, 별 고민 없이 내 공격을 막으려 들 것이다.

아니나 다를까, 유세프는 안이하게 공격을 막으려 들었다.

직후 유세프가 남아있던 거상 밑동에 처박혔다. 반쯤 무너졌던 거상이 이번에야말로 완전히 붕괴했다.

"후~…… 소리아, 괜찮아?"

"아, 네?! 이, 이 목소리는……!"

그때 소리아의 목소리를 끊듯 잔해를 밀어내는 소리가 들렸다.

눈을 돌리니 필과 유세프가 각각 잔해더미 아래서 몸을 일으키고 있었다.

◇

　내가 유세프와 대치하는 순간에도 광장의 상황은 계속 변하고 있었다.

　진·아스테라교의 방어 마법진이 하나, 또 하나 파괴되었고, 그 틈을 메우듯 신성 공화국의 정예 기사들이 광장으로 밀려 들어왔다.

　바깥에서 순회하고 있던 기사, 혹은 안에서 상황을 살펴보던 기사, 피난 유도를 하고 있던 기사가 일제히 모여든 모양이었다.

　마족과 기사 사이에서 벽이 무너질 정도의 공방전이 펼쳐졌다.

　당연히 거기에 말려드는 자도 적지 않았다.

　"어딜 보는 거냐?"

　유세프가 한 번에 거리를 훅 좁혀왔다.

　마력으로 강화된 납보다 단단한 주먹이 날아왔다.

　나는 머리를 스칠 정도로 아슬아슬하게 피했다.

　"다시 묻지. 넌 누구냐?"

　쩍 하고 하얀 가면에 금이 가는 소리가 났다. 만져보니 눈가에서 턱 정도까지 갈라진 듯했다.

　완전히 피하지 못했나.

　"정말이지. 위험하네, 이거."

유세프의 물음에는 대답하지 못하고 식은땀이 볼을 타고 흘렀다.

나는 오랜만에 죽음의 기척을 느끼고 있었다.

유세프의 몸 안에는 10만 명 가까이 되는 신자들로부터 모은 마력이 있다. 다른 마족과 나눴다고는 해도 너무 방대한 마력이었다.

흘러넘치는 마력이 안개가 되어 유세프의 모습을 뒤덮을 정도의 양이었다.

"대답해라!!"

"네 상대는 나다! 무시하지 마라!"

유세프가 다시 날 향해 달려들려 했지만, 필의 검이 옆에서 날아들었다.

하지만 아까와 같은 결과가 반복되었다. 유세프는 필의 검을 맨팔로 막아냈다.

검과 팔이 충돌하며 돌풍이 일었다. 그 탓에 이미 반쯤 금이 갔던 가면이 갈라지며 벗겨졌다.

"역시! 지드 씨!"

소리아가 가장 먼저 반응했다.

그 순간 필과 유세프의 시선이 내게로 향했다.

"지드라고……?! 아니, 상관없다! 네놈, 어서 소리아 님을 멀리 데리고 가라!"

"흐하하핫! 이건 오산이군, 설마 여기 와 있을 줄이야……. 뭐,

좋다. 차라리 둘이서 덤비는 게 어떤가? 검성 따위로는 영 싱거워서."

유세프가 노골적으로 필을 비웃었다.

"……이딴 녀석의 도움은 필요 없다! 나 혼자서도 충분하다!"

필이 그렇게 말했다. 너무 심한 폭언이었다.

그러나 옆에서 소리아가 발끈한 표정을 지었다.

"필! 지드 씨를 너무 무시하는 건——!"

"뭐, 괜찮아. 나도 그 의견에 동의해. 나랑 소리아는 일단 물러 갈게."

그렇게 말하면서 소리아를 안아 들었다.

"꺄앗……! 지, 지, 지드 씨……!"

"뛴다. 혀 안 깨물게 조심해."

"아, 넵……!"

소리아가 분홍빛 입술을 꼭 다물었다.

나는 곧장 동상 받침대에서 뛰어내려 어려움 없이 땅에 착지했다.

"무, 무겁지 않았나요……?!"

내가 소리아를 내려놓자 내 얼굴을 올려다보며 그런 말을 했다.

"전혀. 오히려 가벼웠어."

"다, 다행이네요!"

소리아는 만족스럽게 끄덕였다. 그러고는 주위를 돌아보며 애처로운 표정을 지었다.

광장에는 이미 수많은 사상자가 있었다.

"전 이대로 부상자를 치료할게요."

"그래, 알았어."

이런 참상에도 주눅 들지 않는 씩씩한 행동과 부상자를 바라보는 자애로운 눈길은 성녀라 불리기에 걸맞은 인격자다운 태도였다.

내가 그녀의 뒷모습을 보고 있자니 달려가는 소리아가 이쪽을 돌아봤다.

"저기, 지드 씨! 또 구해주셔서 감사합니다. 저, 당신에게 지지 않도록 열심히 할게요!"

"어? 응, 그래. 열심히 해."

"네!"

소리아는 이번에야말로 부상자를 향해 달려갔다.

근데 또라니? 저번 왕국 기사단 사건을 말하는 건가?

뭐, 상관없나.

유세프는 필이 맡고 있으니 나는 다른 마족을 처리하자.

대성기도장에는 교도로 위장하여 숨어들어왔던 마족 30명 이외에도 여럿이서 전이해온 자, 혹은 직접 걸어온 자 등 외부에서 새로 온 마족이 속속 나타나고 있었다

그들은 이날을 위해 마력을 모아왔다.

이미 마족의 수는 100여 명에 달하고 있었다.

그에 비해 인간 기사는 1,000명 정도.

그러나 이 중에 전투할 수 있는 정예는 기껏해야 100명 정도밖에 없으며, 대부분이 기도할 때 쓰러진 사람을 옮기거나, 싸움이 일어났을 때의 중재자 역할, 또는 광장 정리를 담당하기 위한 말단이나 신병이었다. 심지어 이번이 첫 실전인 자도 있었다.

상황이 이렇다 보니 수적으로 우세한 기사 측이 차차 밀리기 시작했다.

애초에 평범한 기사는 마력을 모아 힘을 강화한 마족을 상대할 수 없었다.

대성기도장은 처참한 학살을 맞이할 위기였다.

그러나.

"너, 너는……!"

마족 중에서도 실력이 손꼽히는 루이르데가 얼굴을 경악으로 물들였다.

──지드.

유세프 휘하의 마족들 사이에서는 이미 경계의 대상이 된 인간이었다.

강화한 마족도 이길 수 없는 이단자가 벽 위에, 루이르데 앞에 나타났다.

그러나 그것도 한순간.

"읏차."

"우오오오오오오오!!"

지드는 마치 방 청소를 하는 듯한 소리를 내면서 루이르데의 얼굴을 움켜쥐고 발치에 처박았다.

벽이 두부처럼 무너졌다.

루이르데는 고함과 함께 그대로 땅에 처박혔고 다시 일어나지 못했다.

"유세프는 어떻게 됐지?"

지드는 주위의 놀란 적(마족)과 아군(기사들과 신자들)을 내버려 두고 유세프를 향해 시선을 돌렸다.

너덜너덜해진 동상 받침대에서 내려온 필과 유세프는 광장 중심부에서 인간의 수준을 뛰어넘은 싸움을 펼치고 있었다.

일반인의 눈으로는 두 사람을 볼 수조차 없었다. 그저 파란색과 갈색 물체가 오가며 부딪힐 뿐이었다.

지드는 이 전황을 좌우할 둘의 싸움을 지켜보았다.

힘이고 속도고, 모든 면에서 필이 밀리고 있었다.

무엇보다 마력 차이가 압도적이었다.

마력이 많으면 많을수록 육체를 강화하고 고도의 마법을 구사할 수 있다.

마법은 한 번에 전황을 쉽게 뒤집을 수 있다.

그리고 그건 1대1 상황도 마찬가지다.

발밑에서 검이 치솟으면 상대는 한 걸음만큼 늦는다.

찰나의 순간이라도 빛을 쏘면 상대의 눈을 가릴 수 있다.

그런데.

"어째서냐!"

필이 분을 삼키며 이를 꽉 물었다.

"뭐가 말이냐?"

유세프가 그녀를 깔보며 비웃었다.

알면서도 뻔뻔하게 모른 척하고 있는 거다.

"어째서…… 마법을 쓰지 않지!"

"아아, 그거였나."

"시치미 떼기는……!"

유세프는 필과 싸우면서 전혀 마법을 사용하지 않았다.

필은 그 정도의 상대가 아니라는 의미였다.

"그야 뻔하지 않나. 마력을 아껴야지."

"뭐라고……?!"

"이 많은 인간을 일일이 쫓아가 죽일 수는 없는 노릇 아닌가? 마법으로 단번에 죽여야 편하지. 그리고 저, 지드란 자와 싸우는 게 너무 기대되거든. 뭐, 전이용 매직 아이템을 쓸 때도 마력이 필요하고."

"이 자식……!"

필은 분노가 끓어올랐다. 유세프는 필에게 아무런 흥미가 없었다. 그의 의식은 이미 지드와 사람들을 죽이는데 쏠려있었다.

"전부터 네놈의 수상한 언동이 눈에 띄었다! 네놈이 아스테라교에서 두각을 나타내기 전부터 유력한 사제들이 의문사를 당한 것도……! 소리아 님의 부모님이…… 습격당한 것도!"

필의 말에 유세프의 입꼬리가 재미있다는 듯 징그럽게 치켜 올라갔다.

필은 격앙해 소리쳤다.

"역시 네놈이 만악의 근원이었나!!"

"내가 굳이 말할 것도 없는 것 같다만. 그래, 나다. 참 취약한 조직이었어. 여신 따위에 매달리는 녀석들이라 그런지 머리가 나쁜 놈들밖에 없었지."

"──앞으로 1년…… 아니, 몇 개월만 있었으면 네놈을 쫓아낼 수 있었는데!"

필이 검을 유세프에게 휘둘렀다.

검이 바람을 가르고 소리가 뒤따랐다.

하지만 유세프는 아무렇지도 않은 듯이 잡아서 막았다.

"그게 신성 공화국의 문제다. 아스테라교를 뒷배로 두고 중립을 지키는 데 필사적이라 항상 대응이 늦지. 애초에 너희는 중립이란 말의 허울만 믿고 너무 방심했다. 저번에도 소리아를 지킨답시고 주 전력을 모조리 붙여서 보냈다가 크제라 왕국에 빈틈을 찔렸지 않나?"

"그만——!"

필이 붙잡힌 검을 빼려고 힘을 줬다.

하지만 검은 꿈적도 하지 않았다.

필은 재빨리 생각을 바꾸어 곧장 검을 버린 뒤, 대신 전기를 두른 주먹으로 유세프의 복부를 찔렀다.

빠직빠직 소리가 요란하게 울려 퍼지며 땅을 뒤흔들 만큼 거센 충격이 발생했다.

하지만 유세프는 상처 하나 없었다.

"이게 네 실력인가? ……웃기는군. 결국 넌 소리아의 호위로서 '성녀'와 어울리는 평판이 필요해서 '검성'이라는 요란한 칭호를 얻은 것에 지나지 않아."

"뭣…….."

필이 반론하려고 했지만, 유세프의 발차기가 측두부를 직격했다.

너무나도 묵직한 일격.

필은 곧장 외벽까지 튕겨 날아갔다.

"……크헉……!"

너무 큰 충격에 기침이 나왔다. 온몸에서 비릿한 쇳내가 올라왔다. 피가 끓어올라 머리가 파열된 것 같은 감각이 덮쳐왔다.

흐릿한 시야 너머로 유세프가 은백색 검을 내던지는 모습을 보고 있자니 누군가 얼굴을 들여다보았다.

"죽었어? 아, 살아있네. 튼튼해서 다행이야."

"지……드……!"

필이 힘겹게 숨을 쉬면서 어떻게든 남자의 이름을 말했다.

"어떻게 할래? 도와줄까? 이미 다른 마족들은 모두 정리해서 난 할 일이 없는데."

지드는 주변을 둘러보며 그렇게 말했다.

필이 어렵게 시선을 돌리자 벽 곳곳이 무너져 있고 여기저기에 마족이 쓰러진 모습이 눈에 들어왔다.

부상자들은 진·아스테라교의 신자들과 스피, 그리고 소리아가 구조하고 있었다.

지드 혼자서 유세프 이외에 모든 적을 처리했다.

필의 얼굴이 경악으로 물들었지만, 금방 마음을 다잡고 고개를 좌우로 흔들었다.

"넌…… 손대지 마라!"

필의 목소리에 힘이 들어갔다.

이건 그녀의 고집이었다.

하지만 필의 체력은 이미 한계인지 조금도 기백이 없었다.

『필 님이 당했다! 시간을 벌어! 자이…… 아니, 배신자를 막아라!』

지드와 함께 마족과 싸웠던 기사들이 유세프를 향해 달려들었다.

지드는 그 모습을 곁눈질하며 필에게 물었다.

"왜 그렇게 고집을 부려? 소리아를 너무 좋아해서 눈이 흐려진 거 아냐?"

"난 반드시……! 소리아 님에게 은혜를 갚을 것이다……!"

"은혜?"

"……내 고향은 불타 없어졌다. 하지만 난 소리아 님에게 구원을 받았지. 난 그 뒤로 쭉 그분 곁에 있었다. 그분의 빛을 지키기 위해 힘을 기르면서……! 그런데 넌 소리아 님을 계속 현혹해서는……!"

그런 배경 이야기를 담백하게 들은 지드는 입을 꾹 다물었다.

"그냥 질투 아니야? 그 녀석 옆자리를 뺏기고 싶지 않은 거지. 근데, 정작 본인이 죽으면 의미 없지 않을까?"

"소리아 님은…… 항상 네놈의 이야기를 하셨다."

"내 얘기?"

지드가 의외라는 듯이 눈을 살짝 크게 떴다.

필이 지금도 구조 활동에 힘쓰고 있는 소리아를 바라보았다.

"……네가 빛이라고. 그래서 소리아 님이 널 기사단에서 건진 거다."

필이 분하다는 듯이 이를 악물었다.

소리아의 빛이 함께 있는 자신이 아니라 지드인 건 명확했다. 필은 소리아의 빛이 되지 못한 자신이 답답했다.

"과연. 그래서 날 추천하여 모험가 길드에 들어오게 한 건가."

"원래는 길드가 아니라 신성 공화국의 기사단에 영입할 계획이었다. 하지만 그건 내가 거절했다."

필이 냉랭한 시선으로 지드를 봤다.

철저하게 소리아를 좋아하기 때문에 하는 질투에 지드는 쓴웃음을 지었다.

"허, 그렇게나 내가 싫어?"

"난 네가 싫었지만, 소리아 님 이외에도 길드에서 널 추천한 녀석이 있었다. 그래서 넌 길드에 스카우트 제의를 받은 거고 곧장 S랭크가 되었다."

"넌 내가 환심을 사서 지위를 얻었다고 생각하는 거 아니었어?"

"처음에는 그렇게 생각했다. 하지만 여기까지 와서 더 우길 수는 없겠지."

필이 비틀비틀 일어섰다. 적당히 가까이에 있던 검을 주웠다. 하지만 그 검을 유세프에게는 겨누지 않았다.

"내 힘으로는 자이 폰데를 처리할 수 없다. 도와……다오……."

필은 검의 검이 떨릴 정도로 칼자루를 세게 쥐고 있었다.

유세프에게 진 것도, 지드가 더 뛰어나다는 것도 그녀에게는 굴욕이었다.

하지만 그녀는 인정했다.

지드가 더 잘 싸울 수 있다는 것을.

"그래. 고생했어. 뒤는 내게 맡겨."

지드는 얼버무리지 않고 그녀의 정신적, 육체적 고생을 위로했다. 설령 그것이 그녀에게 있어서 무의미하다고 할지라도.

문득 필이 우물거리며 입을 열었다.

"……………안 …………다."

필이 작은 목소리로 나지막이 말했다.

그 얼굴은 빨갛게 물들어 있었다.

"응? 뭐라고?"

"미, 미안하다고 했다! 지금 와서 사과하는 건 몹시 뻔뻔한 짓이지만, 그래도…… 미안하다. 내 폭언도 네 일행에게도 손을 댔던 것도……."

"아아! 그거 너였구나."

지드는 쿠에나와 실라의 모습을 떠올렸다.

그 둘을 한 번에 상대해 이길만한 사람은 그리 많지 않을 테니까.

"그들을 상대하면 네 역량을 알 수 있다고 생각했으니까."

"내 역량을 왜 두 사람한테……. 너, 엄청 폭주했네."

"정말 미안하다……."

필은 길고 날카로운 눈꼬리를 늘어뜨리면서 사과했다. 진심으로 미안하다고 생각하는 표정이었다.

지드가 거북한 듯 머리를 긁었다.

"뭐, 괜찮아. 난 처음부터 신경 안 썼어. 사과는 그 녀석들한테나 해."

"……분하군. 도량의 차이란 건가."

"……갑자기 치켜세워주니까 기분 나쁜데."

"기, 기분 나쁘다고 하지 마라! ……그리고 네가 신경 쓰지 않아도 난 그냥 넘길 수 없다. 나중에 반드시 다시 사과하겠다."

"왜들 이렇게 고지식하지. 정말 기사라는 사람들은 다들 이상한 부분에 집착하네."

지드는 실라의 모습을 떠올리며 말했다.

크제라 왕국 기사단 일은 모두 끝났고 의뢰금까지 받았는데, 아직도 뭔가 보답하려고 하는 소녀의 모습을.

"자, 그럼 갈까."

지드가 손가락으로 우득우득 소리를 내면서 유세프가 있는 쪽을 봤다.

지금도 쓰러뜨리려고 기를 쓰는 기사들을 유세프는 마치 먼지처럼 털어내고 있었다.

"와…… 마력이 전혀 줄지 않았네. 아니, 저만큼 많으면 줄어들어도 티가 안 나려나."

"구세주님!"

지드가 유세프를 어찌 쓰러트릴지 고민하고 있자 스피의 목소리가 들렸다.

"구, 구세주? 내가?"

지드는 자신의 귀를 의심했지만, 스피는 느긋하게 설명할 틈이 없었다.

그녀는 곧장 삼베에 휘감긴 무언가를 내밀었다.

"설마 쓸 일이 있을 줄은 몰라서 두고 왔지만, 구세주님에게는 필요할 거예요! 이제야 도착했어요! 이걸 쓰세요!"

삼베를 벗겨내니 낡은 검 한 자루가 나왔다. 하지만 녹이 슬어서 어떻게 봐도 쓸 수 있을 것 같지 않았다.

"어…… 아니, 그냥 마음만 받을게."

"예? 아, 아니! 그런 게 아니에요! 그, 지드 씨가 쥐면 반드시 반응할 거예요! 지금도, 여기 보세요! 희미하게 빛나고 있잖아요!"

스피가 원형조차 의심스러운 검을 손가락으로 가리키며 말했다.

거기서는 확실히 미약한 마력이 새어 나와 반짝이고 있었다.

"으음……."

"쥐, 쥐어 보시면 아신다니까요!"

"아니, 그게 아니라. 난 검술이 영 별로란 말이지."

"네에……?!"

예상 밖의 대답에 스피가 눈을 휘둥그레 뜨고 놀라더니 곧 절망에 물들었다.

"확실히 그런 상황도 고려했어야 하는 문제였어요……! 성검이 반응해서 너무 들떴어요……!"

"모처럼 가져왔는데, 미안. 역시 난 손으로 싸울게."

"아앗……! 적어도 허리에 차는 것만이라도!"

스피가 절박하게 말했지만, 허리에 다른 물건이 있으면 아무래도 걸리적거리는지라 검을 챙길 마음은 들지 않았다.

지드가 벽을 디디며 필에게 눈짓하자 그녀가 스피를 감쌌다.

그러자 곧 지드가 벽을 발판으로 삼아 유세프가 있는 곳까지 도약했다.

지드는 유세프와 대치하듯 착지하며 기사들에게 말했다.

"지금까지 잘했어. 뒤는 내가 맡는다."

"""예!"""

지드의 말에 기사들이 재빠르게 물러났다.

다들 지드의 전투를 보고 이미 그 이외에 적임자가 없다는 것을 알고 있었다.

"일식——【일섬(一閃)】."

지드는 영창과는 다른 자신만의 독특한 구호와 함께 마법을 발동했다.

유세프의 목을 노리고 측면에서 날아드는 한줄기 날카로운 바람.

그러나 유세프는 마법을 꿰뚫어 봤다는 양 바람의 칼날을 오른팔로 막으려 들었다.

"이런 마법 따위는 아무렇지도——!"

하지만 보이지 않는 칼날이 유세프의 강철 같은 피부에 닿은 순간, 격한 피보라가 일어났다.

"……큭!!"

본능적으로 위기를 느낀 유세프가 재빨리 상체를 비틀어 지드의 칼날을 피했다.

지드가 휘두른 마력의 검이 자연스럽게 사라지자 유세프가 머리를 들었다.

그의 오른팔은 도끼에 쪼개진 장작처럼 갈라져 피가 흐르고 있었다.

유세프는 격통을 느끼고 오른팔을 왼손으로 안았다.

인간은 감히 가를 수 없는 그의 피부에서 피가 났다——.

자존심에 상처를 입은 유세프가 분노를 담아 외쳤다.

"이 자식!"

"뭐야, 의외로 물렁하네."

"인간 따위가, 우쭐거리지 마라아아아아아!"

지드의 도발에 유세프가 격앙했다.

하지만, 만약.

——만약 지드의 공격을 피하지 않았다면?

유세프의 머리는 의외로 냉정하게 돌아가고 있었다.

"과연, 저 여자보단 강하군. 하지만 그래서 어쨌다는 거냐. 나에게 상처를 입혔다고 해서 이겼다고 생각하는 거냐?!"

지드는 유세프의 말에 반응하지 않았다.

대신 기사들이 벗어난 것을 확인했다.

"삼식——【염장(炎薔)】."

지드가 다음 마법을 말했다.

땅에서 불꽃의 가시나무가 빼곡하고 무수하게 생겨났다.

유세프도 이번에야말로 방심하지 않았다.

"릴브라이 브레스!"

지드의 마법을 상쇄하기 위해 유세프가 얼음 계열 마법을 날렸다.

유세프를 중심으로 물결 형태의 얼음이 퍼졌다.

"마력으로 마족이 인간 따위에게 질 리가…… 뭣?!"

지드의 가시나무가 닿을 때마다 얼음이 증발해 갔다.

단 한 순간도 시간을 끌지 못했다.

얼음은 오히려 유세프 자신의 시야를 가렸다── 정신을 차리고 보니 왼쪽도 오른쪽도 앞도 뒤도 불꽃의 가시나무가 에워싸고 있었다. 머리 위도 불꽃의 가시나무가 유세프를 들여다보듯이 에워싸고 있었다.

(그래도 이만한 위력이다……! 인간의 몸이라면 한 번만 쓸 수 있는 대마법일 것이다……! 이것만 막으면 기회가 온다!)

유세프가 체내의 마력을 해방했다.

동시에 짐승이 으르렁거리는 소리 같은 굉음이 울려 퍼졌다.

"우오오오오오오! 릴브라이 브레스! 릴브라이 브레스!! 릴브라이 브레에에에에에스!!!!"

도망칠 곳이 없는 유세프가 비명과도 비슷하게 절규하면서 남아도는 마력을 사용해 마법을 연발했다.

수십 번을 거듭해서 사용한 끝에 불꽃의 가시나무가 사그라들었다.

"후…… 흐하하하! 어떠냐! 너의 전력을 다한 마법을 싹 없애줬다! 이것이 너 같은 인간 따위는 평생 도달할 수 없는 영역이다! 그리고 마왕이 될 남자의 실력이다아!!"

"사식──【뇌퇴(雷槌)】."

"……뭣이?!"

유세프의 치켜 올라가 있던 볼이 경련했다. 빠직빠직 소리가 울리는 머리 위를 쭈뼛거리며 올려다봤다.

사람 따위는 쉽게 뭉개버릴 수 있을 것 같은 크기의 번개로 형성된 망치가 있었다.

"허, 허세다! 이런 모양뿐인 속임수에……!"

망치는 거대한 질량이 무색하도록 말도 안 되는 속도로 닥쳐왔다.

말만은 위세가 좋았던 유세프가 전이 마법을 써서 거리를 벌리려고 움직였다.

"전이!"

──그때 유세프는 알아차렸다.

전이 마법은 마력 소비가 막대하고 발동할 때까지 시간이 오래 걸린다.

자신의 위치와 이동할 위치, 그리고 자신이 이동하는 모습, 한 모습, 그런 것을 선명하게 상상해야만 한다.

그 잠깐의 틈을 지드가 놓칠 리가 없었다. 하지만 지드는 미동도 하지 않았다.

번개 망치의 위력이 엄청나서 지드조차 다가갈 수 없는 것이다.

"──감이 좋네."

유세프의 눈짓으로 의도를 알아차린 지드가 솔직하게 칭찬했다.

하지만── 유세프가 듣기에는 불쾌한 말이었다.

"그런 여유를──!"

전이가 발동하면서 풍경이 순식간에 바뀌었다.

유세프는 원래 있던 자리보다 약간 거리를 둔 장소에 다시 나타났다. 그러나 광장 안이라는 것은 변함이 없었다.

하지만 이건 그의 계산 착오였다.

"──푸허억!"

"하지만 판단이 안이해."

어느새 전이한 유세프 뒤에 지드가 서 있었다.

지드의 이상한 존재감에 공포에 떨고 있으니 갑자기 유세프의 몸이 허공에 떴다. 뒤늦게 지드에게 차였다는 것을 깨달았다. 고개를 드니── 전이하기 전의 장소를 향해 날아가고 있었다.

"너, 너──!"

전이 마법을 다시 발동하려고 해도 제때 쓸 수 없다. 피할 수도 없다. 모두 찰나에 일어난 일이었다.

기껏해야 지드를 노려보는 게 고작이었다.

곧 쿵 하는 육중한 소리가 났다. 유세프 위에 망치가 떨어졌다.

전격이 땅을 파직파직 태웠다.

망치는 곧바로 안개처럼 흩어져 사라졌다.

망치를 내려친 곳에 큰 구덩이가 생겼다.

"아, 아아아가아아아⋯⋯."

구덩이 안쪽에서 애잔한 고통의 비명이 들려왔다.

"살아있나. 대단하네."

지드가 구덩이를 봤다.

불에 타 문드러지고 까맣게 된 피부. 분노로 일그러진 얼굴.

"한 발 더 갈까. 【뇌퇴】."

"——대…… 대, 대체 뭐냐! 뭐냔 말이다! 왜 너 같은 괴물이 존재하는 거냐고?!"

"괴물? 그저 금기의 숲속에서 살다 보니 자연스럽게 그렇게 됐을 뿐이야. 대단한 이유는 없어."

"금기의 숲속……? 그런 걸로? 이만한 힘이 고작 그런 이유로……?! 말도 안 돼! 말도 안 돼! 그럴 리가 없다! 분명 다른 이유가……!"

"몰라, 그런 거. 그럼 안녕."

지드는 주저 없이 망치를 떨어뜨렸다.

망치가 구덩이를 더 깊게 파고들었다.

지드는 그을린 땅을 걸어 유세프의 시체를 확인했다.

시체는 너덜너덜해서 원형이 남아있지 않았다. 남아있는 부분조차 새까맣게 변해있었다.

틀림없는 시체였다.

"죽었군. 그런데 그 마법을 두 번이나 맞았는데 시체가 남아있다니."

지드는 약간 감탄한 눈치로 내려다봤다.

유세프가 모은 방대한 마력이 아직도 시체에 들러붙어 있었다.

끝나고 보니 압승이었지만, 여전히 유세프는 대량의 마력을 갖고 있었다.

그는 그저 힘을 휘둘렀을 뿐, 전투 기술은 지드의 발끝에도 미치지 못한 거다.

……만약 그의 전투 경험이 풍부하여 막대한 마력을 활용했다면 상황은 달라졌을지도 모른다.

"7대 마귀족이라고 했었지. 차기 마왕이라고도 했고."

지드는 왠지 모르게 이 싸움의 행방이 보였다.

이곳은 각국에서 온 사람이 모여 있었다. 마족은 이 사건 하나로 여러 나라와 관계에 균열이 생겼다.

백성을 위해서 진짜 대응하든지 시늉만 하든지, 어느 쪽이든 다들 이번 일을 들먹이며 움직일 것이다.

지드가 뒤를 돌아봤다.

(……소리아와 스피가 아무리 열심히 구조했어도 사망자가 제법 나올 테지.)

벽이 무너졌고, 사람들은 마족의 공격을 받았다. 신성 공화국의 기사단은 밖에서 온 마족을 대처하지 못했다. 결국 앞다투어 도망치려던 사람부터 죽어갔을 것이다. 실제로 출입구 근처에는 시체가 뭉쳐 있다.

그건 그들의 책임이 아니다. 위기로부터 도망치는 건 당연한 반응이니까.

(사람들의 분노가 하늘을 찌르겠지. 이미 이성으로 억누를 수 있는 상황이 아냐.)

이번 일은 마족의 계략이었지만, 마족의 가림막이 되었던 아스테라교는 권위 실추를 피할 수 없게 되었다.

종교라는 것은 희망을 주기만 하는 것이 아니다. 도망칠 수 있고 의존할 수 있는 곳이 되어주기만 하는 것도 아니다.

삶의 방향을 가리키는 역할도 한다.

그런데 그 삶의 방향을 가리키던 것이 마족이었다는 것을 알았을 때, 신자들은 어떻게 될까.

이 상황은 상당히 좋지 않았다.

유세프는 죽어서도 인류에 큰 손톱자국을 남겼다.

"지드 씨!"

뒤에서 소녀의 목소리가 들렸다.

지드가 돌아보니 스피가 뛰어오고 있었다.

"무슨 일이야?"

나는 스피를 따라 다가오는 사람들을 바라보며 스피에게 물었다.

마족은 모두 토벌했고, 기사들은 모두 구조 활동 중이었다.

지드가 쓰러트린 유세프가 마지막이었다.

"자이 폰데는 어떻게 됐죠?!"

"죽었어. ……안 보는 게 좋을 거야."

"아뇨, 괜찮아요. 익숙해요."

스피가 유세프의 시체를 들여다봤다.

구역질하지도 않고 얼굴을 파랗게 물들이지도 않았다.

소리아처럼 전장을 전전한 경험이 있는지, 스피는 시체가 익숙

121

한 듯했다.

시체를 확인한 스피가 딱 한 번 끄덕였다.

"이제 아스테라교는 분명 다시 시작할 수 있을 거예요. 다행이다. 정말 다행이야……! 감사합니다, 지드 씨!"

"감사는 됐어. 우연히 도왔을 뿐이니까."

"아니요, 당신이 여기 있는 사람들을 구하신 거예요. 저희의 힘으로는 이분들을 구할 수 없었을 거예요. ……정말, 정말 감사합니다!"

스피는 머리를 숙이고 진심으로 감사했다.

◇

여신의 동상은 이미 형체조차 남아있지 않았지만, 동상 받침대는 아직 남아있었다.

스피는 동상 받침대 위에 서서 확성기를 쥐고 아직 광장 내외에 머물러 있는 사람들에게 말했다.

『여러분, 들어주세요!』

스피의 목소리를 듣고 모두가 눈길을 줬다.

『방금 제7 마귀족 유세프 및 휘하 마족이 모두 쓰러졌습니다! 신성 공화국의 기사님들, 검성 필 님, 그리고 S랭크 모험가 지드 님에 의해서!』

"""""우오오오오!!!!"""""

사람들이 기다리고 있었다는 듯이 스피의 목소리에 동조하여 소리를 질렀다.

우리만 싸운 게 아니다.

사람들은 마족과 싸우는 기사를 보고 성원을 보냈다. 혹은 구조 활동을 돕는 자도 있었다. 피난에 전념한 자도 있었다.

각자 취한 행동은 달라도 모두 생존을 걸고 싸웠다.

그렇기에 이건 모두의 승리였다.

『여러분, 괜찮습니다. 마족이 쳐들어와도 우리에게는 희망이 있습니다! 다친 사람들을 치료하는 성녀 소리아 님. 공격해온 자들을 모두 타도하는 기사님들과 지드 님…… 그리고 여러분이 있습니다! 구원은 반드시 있습니다──!』

그렇게 사람들에게 희망을 주는 말을 건넸다.

신기하게도 그 말은 듣는 사람의 가슴에 스며들었다. 진 · 아스테라교를 어린 나이에 한데 모은 스피에겐 사람의 마음을 움직이는 힘이 있었다.

지드는 그런 스피의 모습을 곁눈으로 보면서 광장에서 홀로 떠나갔다.

(……아무래도 쓸데없는 걱정이었는지도 모르겠군.)

지드는 그런 생각을 했다.

◇

"기다려라, 지드. 어디로 갈 생각이냐."

광장에서 벗어나 숲에 접어든 곳에서 누가 나에게 말을 걸었다.

"당연히 왕국으로 돌아가야지. 너야말로 무슨 볼일이야, 필."

서둘러 쫓아왔는지 필은 어깨를 들썩이며 숨을 쉬고 있었다.

"무슨 볼일이냐고 물으면 이래저래 많아서 대답하기 어려운데……."

"사과 건이야? 아까 말했지만 그건 내가 아니라 쿠에나랑 실라에게 해."

"물론 그 둘에게도 사과할 거다. 조금 겸연쩍지만."

"그럼 같이 가줄까? 나도 사과해야 하니까."

"왜 네가 사과하지? 이건 내 문제다."

"그 둘은 나 때문에 말려든 거니까. 나도 사과해야지."

그 정도의 도리는 지켜야 한다고 생각한다.

그렇다면 같이 사과하는 게 편할 것이다.

필이 쑥스러운 듯이 나에게서 눈을 돌렸다.

"그런가, 그렇군. 이미 네게 폐를 끼치고 있었나."

"그래, 그렇지. 네가 생각 없이 처박은 결과가 이거야."

퉁명스럽게 말했다.

"윽, 정말 미안하다……. 하지만 이번 일로 소리아 님까지 나쁘게 생각하지 않았으면 한다."

"왜 소리아가 나오는 거야?"

"그, 내가 계속 소리아 님 곁에 있었지 않나. 그걸로 네가 소리아 님도 나 같은 사람이라고 오해할 수도…….”

“그럴 리가 없잖아. 네 사고회로는 엉망진창이네.”

“……으으.”

약간 심한 말이었지만, 필은 반론하지 않았다.

그럴 기력도 없을 것이다.

“한 가지에 너무 구애되지 마. 다른 생각이나 하고 편해져.”

일단 조언하고 말을 계속했다.

“그래서, 이래저래 용건이 많다고 했지? 달리 무슨 용건이 있는데?”

“아, 그래. 소리아 님이 줄곧 너와 이야기하고 싶어 하셨다. 하지만 기회가 좀처럼 없었지. 가능하면 지금 만나서 이야기해주지 않겠나.”

지금이 기회라는 것이다.

결국 이 녀석의 사고는 소리아 퍼스트다.

그래서 엉망진창일 것이다.

카리스마 파티 건도 길드에 직접 말하면 좋았을 텐데 내가 있는 곳에 찾아왔다. 뭐, 그건 발언력 같은 것도 영향을 끼쳐서 그랬을 테지만.

그렇다고 해도 내 실력을 측정하기 위해 쿠에나와 실라에게까지 싸움을 건 것은 위험하다.

“하지만 소리아도 나도 카리스마 파티의 멤버잖아? 지금 바쁜데 굳이 지금 갈 필요는 없어. 언젠가 만날 수 있어.”

소리아가 필과 같이 안 왔으니 아직 구조 활동을 하고 있을 것이다. 내가 가서 방해할 건 없다.

구조 활동이 끝날 때까지 기다리는 것도 한가하고.

"그것도 그렇지만……."

"아~, 진짜. 우물쭈물하지 마. 너, 그런 성격 아니잖아. 말하고 싶은 건 똑바로 말해."

"……그래. 알았다, 말하지. 인정한다. 인정해주지. 네 실력은 확실히 대단하다! 나보다 위다! 하지만! 소리아 님을 위하는 마음은 내가 더 위다! 왜냐하면 내가 제일 먼저 소리아 님을 구하기 위해 유세프에게 덤볐기 때문이다!"

선전포고하듯이 나를 손가락으로 척 가리키며 말했다.

"그건 필과 내 거리에도 차이가 있었기 때문이잖아? 동상 받침대 바로 아래에 있던 너랑 중심부에서 떨어져 있던 나. 그야 어떻게 생각해도 네가 더 빨리 대응할 수 있을 텐데."

"아, 확실히……."

필이 '으으……' 하고 우울해했다.

이 녀석 귀찮네. 방치해도 괜찮을까.

아니, 내버려 두면 나중에 쫓아올 것 같다.

"하지만 뭐, 만약 내가 너랑 똑같은 위치에 있었다고 해도 꼭 똑같은 판단을 한다는 법은 없지. 소리아를 위하는 마음은 네가 확실히 위야."

"!! 그렇지?! 그렇지! 너 좋은 녀석이구나!"

"어, 어어."

갑자기 기분이 좋아져서 일어섰다.

정서가 불안정한 녀석이구나, 이 녀석.

"아, 좋은 아이디어가 떠올랐다."

"……뭔데?"

필이 또 갑자기 손을 탁 두드리고 활짝 웃으며 말했다.

"사실은 나도 길드에서 스카우트 제의가 왔다. 카리스마 파티에 넣어주지 않겠냐고 부탁해보겠다!"

"…….."

"어? 왜? 어디로 가는 거냐, 지드! 어이!"

뒤에서 목소리가 들렸다.

틀렸다. 이 녀석은 귀찮은 일의 화근이 될 것이다.

신경 쓰지 말고 방치하자.

난 여관으로 돌아갔다.

제6화 결성

길드 마스터실.

의자에 앉아 서로 마주 보는 나와 리프.

"지드, 자네 큰일 났다네."

리프가 신묘하고 흐뭇해하는 약삭빠른 표정으로 크게 펼친 신문을 책상에 놓고는 턱짓을 했다.

신문을 보니 1면에 저번 사건이 큰 글자로 쓰여 있었다.

『신세대 용사인가!』

『아스테라교가 마족에게 빼앗긴 것을 간파하고 제7 마귀족 유세프를 타도!』

『파죽지세!』

이런 제목들이 내 얼굴 사진과 함께 실려 있었다.

리프가 흐뭇한 표정인 것은 길드의 지명도와 신뢰도가 올라가기 때문일 것이다.

"시끌벅적하네."

"꽤나 냉정하구먼. 이런 건 기뻐하는 법이라고?"

"그야 길드는 이름이 팔리니까 좋겠지만, 난 지금처럼 적절하게 지명의뢰나 긴급의뢰가 오는 정도가 좋다고."

"자네는 부탁받으면 전부 응하니까. 참 성실해. 캇캇캇!"

난 용사 자리에 아무런 흥미가 없다.

애초에 아스테라교가 마족에게 점령당한 것도 몰랐고, 파죽지세라는 것도…… 어쩌다 휘말려서 그렇게 된 것뿐이다.

"다들 무책임한 기사를 쓰네. 곳곳에 거짓말이 있어."

"그게 일이니까. 아스테라교의 명예가 실추된 만큼 허구와 사실을 섞어서라도 떠받들 영웅이 필요한 게야."

"멋대로 떠받들어지는 처지도 되어봤으면 하는데."

뭐, 길드에 이득이 되면 상관없나.

"그래서 나한테 무슨 볼일이지?"

오늘 여기에 온 건 리프의 소집을 받았기 때문이다.

또 의뢰나 뭔가가 있을 것이다.

"실은 지드의 의견을 받고자 하네."

"의견? 무슨…… 아니, 설마."

일말의 불안이 머리를 스쳤다.

"카리스마 파티 건이네. 새 멤버 후보를 둘 정도 추가했네."

"둘……? 한 명은 어쩐지 예상이 되는데."

"그런가? 뭐, 대성기도장에서 만났어도 이상하지 않군. 그래, '검성' 필이 길드에 가입하기로 되었네."

리프가 몇 장의 자료를 책상에 뒀다.

거기에 실려 있는 얼굴은 필의 얼굴이었다. 그 외에도 실적이나 전투 경험 등 모험가로서 필요한 정보가 있었다.

적당히 자료를 집어서 봤다.

역시나…… 필은 이상한 행동력이 있다. 게다가 소리아가 관련되면 어떤 행동을 할지 예상할 수가 없다.

길드에 가입한 이유도 당연히…….

"카리스마 파티에 들어오고 싶다고?"

"이 몸은 인정하려고 하네. 많은 반발이 있지만."

"성공한 사람이고 외부 사람이니까. 시샘하는 건가."

"뭐, 그렇지. 길드에 들어온 지 얼마 안 됐고, 올해의 S랭크 자리는 지드로 찼으니까 일단은 A랭크 판정이고. ……하지만 길드 안에서도 실력과 지명도가 상위권이라는 건 의심할 여지가 없어. 다음 S랭크 시험의 시기도 가깝고."

리프가 입을 꾹 다물고 팔짱을 꼈다.

아직 속으로는 결정하지 않은 것일지도 모른다.

"난 아무 말 할 생각 없어."

"괜찮은가? 그대의 파티라고."

"조금 폭주하는 구석이 있지만, 내가 만나온 사람 중에서 손에 꼽는 실력인 건 확실해. 지명도 길드가 문제없다고 판단했다면 내가 참견할 수 있는 일이 아니지."

"흠."

리프의 미간에 주름이 졌다.

완고하게 고민하는 모습이 겉모습과 갭이 있어서 귀여웠다.

"만약 '검성'까지 참가하면 길드에 대한 지지는 더더욱 단단해지겠지. 그대가 할 말이 없다면 신청을 받겠네."

결심한 것 같다.

상당히 중대한 결심을 한 모양이다.

"그래서 또 한 명은? 내가 아는 녀석인가?"

"모르는 사이일 것 같네만, 혹시 본 적 있는가?"

리프가 자료를 또 바스락거리며 책상에 놓았다.

이 사람은 필과 비교해서 자료가 적었다.

스트레이트한 단발 검은 머리에 사진으로 봐도 하얗고 고운 피부, 오른쪽 눈 아래에 눈물점. 군복 차림이었지만 가슴이 풍만하게 부풀어 있었다.

나이는 10대 후반 정도일까.

자료에는 웨이라 제국의 부대에 소속되어 있다고 적혀있었다. 어느 부대일까.

무엇보다 눈에 띄는 점은——'전 S랭크'라고 적힌 부분이었다.

"이름은 유이. 최연소로 길드의 S랭크가 된 소녀라네."

"최연소 기록 보유자란 건가, 대단하군. 하지만 이 자료가 사실이라면 모험가를 그만두고 제국군이 된 거 아닌가? 왜 후보가 된 거지?"

"제국이 어디선가 카리스마 파티 이야기를 들은 모양이라, 유이를 소개해왔네."

"또 무슨 꿍꿍이람."

"제국의 은밀 부대 소속이 아니었을까 싶은데, 저번에 용사 계획이 파탄 났으니 이번엔 '영웅'을 만들 생각이 아닌가 싶네."

"영웅?"

"자네, 저번에 바시나를 쓰러뜨렸지 않나. 제0군 대장인."

"으음……?"

그 말을 듣고 고개를 갸웃했다.

누구인지 생각이 나질 않았다.

"벌써 잊었나? 제국의 장군급이었던 남자네. 전 S랭크 모험가로, 제국에 스카우트되었지."

"흐음~."

"아무튼, 제국은 그 남자의 빈자리를 채우려는 거야. 바시나는 자네에게 패배하여 평가가 떨어졌으니 사실상 끝일세. 여제가 패배를 용납할 리는 없으니 말이야. 그래서 나온 게 유이일세. 아마 카리스마 파티에 집어넣어서 이름을 널리 알리려는 속셈이겠지."

"이름을 널리 알려? 그건 거꾸로 된 거 아닌가? 지명도가 없으면 카리스마 파티에 넣는 메리트가 없잖아?"

"지금보다 더 널리 알리겠다는 거지, 그녀의 지명도가 낮은 건 아니네. 유이의 얼굴을 아는 자는 적지 않아. 이른바 숨은 팬이라는 녀석들이 많지. 파티에 그런 인재도 한 명은 필요하잖나?"

"그런가? 하지만 모험가 길드는 제국에 인재를 줄줄이 빼앗긴 꼴이 아닌가? 이런 부탁까지 들어주면 좋을 대로 이용당하는 느낌인데."

"그 점은 걱정하지 말게. 우리도 제국이 스카우트할 때마다 그만한 돈을 받아내고 있으니까. 게다가 제국 모험가 길드의 세금을 감면하는 등 특별한 조건도 얻어내고 있지."

"흐음. 물밑에서 여러 일이 있구나."

"길드는 모이면 웬만한 나라보다 강하니까 말이야. 제국도 얕보고 덤빌 수 없는 게야."

길드의 운영 사정은 내가 전혀 모르는 분야다.

리프가 이렇게 말한다면 유이를 선택하는 건 꼭 틀린 것은 아닐 것이다.

당사자를 본 적이 없으니 뭐라 할 수는 없지만, 전 S랭크라면 실력도 괜찮을 거고.

다만 신경 쓰이는 점이 있었다.

"이 녀석도 한 번 길드를 나갔으니 A랭크가 되는 건가? 그리고 나갔다 돌아오는 걸 좋게 생각하지 않는 녀석들의 반발은 어쩔 건데?"

"아아, 길드를 나선 S랭크 모험가는 돌아올 때 S랭크로 맞이하는 게 길드 규정이네. 더구나 한번 S랭크 실력을 인정받았으니, 길드로 돌아와도 반발은 그리 크지 않을 걸세."

이쪽은 별로 고민하는 것 같지 않았다.

아무래도 길드에서는 상당히 신뢰하는 듯했다.

"뭐, 길드가 그렇게 말한다면 난 아무 불만 없고, 낼 의견도 없어. ……그런데 이렇게 되면 카리스마 파티의 반이 길드 외부에서 부른 사람이 되는데, 남들 보기에 나쁘지 않아?"

"윽……."

날카롭게 찔린 것처럼 리프가 가슴을 잡았다.

하지만 반론하지 않고 올곧은 눈으로 나를 봤다.

"……솔직히 말해서 그건 부정할 수 없네만, 그래도 이 몸은 이 대로 두 사람을 멤버로 삼아 정식 파티로 발표할 생각이네."

"즉 비판받을 각오는 있다고?"

"어쩔 수 없지 않나! 길드에 있는 S랭크 놈들은 아무도 응하지를 않는걸! 나라고 좋아서 밖에서 찾는 게 아니란 말일세!"

"에에잇. 우는 소리 시끄러워. 울면서 들러붙지 마!"

눈과 코에서 수분을 방출하면서 책상에 몸을 내밀고 내 가슴팍에서 울려고 하는 어린 소녀.

이 녀석은 매번 자기 입으로 애가 아니라고 하면서 감정을 격하게 폭발시키네.

뭐, 이래저래 참아온 게 있겠지만…….

훌쩍훌쩍 눈물을 글썽이면서도 간신히 평정을 되찾은 리프가 자기 자리로 돌아갔다.

"그냥 발표를 늦추면 되지 않아?"

"훌쩍…… 아, 아니, 그건 안 된다."

"왜? 발표를 조금 늦추고 실적을 쌓게 하면 문제없을 건데."

유이도 필도 길드에 가입하자마자 바로 길드를 대표하는 파티에 들어가니까 비판과 반발이 일어나는 것이다.

시간을 두고 길드에서 실적을 쌓으면 해결할 수 있는 문제다.

약 반년에서 1년 정도 길드에서 활동하면 사람들도 인정할 것이다. 그쯤에는 필도 S랭크 시험을 칠 수 있을 거다.

"그럴 수 있으면 좋겠지만, 이번 유세프의 침략으로 사람들은 인간의 기둥이 될 존재를 원하고 있네."

리프가 아까 전의 신문을 가리켰다.

이 표제어가 그것을 증명한다는 듯이.

"아스테라교는 사실상 붕괴했고 신뢰를 크게 잃었네. 대신 진·아스테라교가 괜찮은 성과를 보여주고 있긴 하지만 부족해. 마족에게 이용당한 여신 아스테라에 대한 신뢰는 회복되지 않았어. 아스테라가 선택하는 용사의 가치도 같이 추락했네."

"신에게 기대하지 않는 층이 늘어나기 시작했다?"

"그렇네. 그래서 인간의 새로운 기둥, 카리스마 파티를 서두르는 거네."

"그렇구나. 그 층을 지지자로 바꾸기 위해 빨리 움직일 생각인가."

"뭐, 그대에게 거기까지 생각하라는 말은 안 하겠네. 평소대로 활동해도 좋아. 복잡한 문제는 길드에서 해결할 테니."

빨개진 눈꼬리를 숨기려 하지도 않고 '안심하고 맡겨라' 하며 가슴을 폈다.

그 얼굴은 어딘지 자랑스러움이 느껴졌다.

"일단 지드도 문제없다고 한다면 만날 필요가 있겠군. 괜찮은 시간을 알려주게──."

◇

리프와의 이야기가 끝나고 나는 노점에 들렀다.

"꼬치구이를…… 음~, 열 개."

"예이. 금화 십만 개."

"예, 동화 열 개."

노점 아저씨의 가벼운 농담을 흘려듣고 동화를 건넸다. 대신 꼬치가 열 개 든 봉투를 받았다.

하지만 이건 내가 먹을 것이 아니다. 의뢰를 끝내고 왕도에 돌아온 두 사람에게 가져갈 것이다.

나는 두 사람이 있는 집으로 갔다. 쿠에나의 집은 왕도의 일등 지에 세워져 있다.

부지 자체는 넓지 않지만, 나무들이 자란 정원이 있고, 혼자 살기에는 불필요하다는 생각이 드는 2층 건물.

주인의 머리카락 색과 똑같은 빨간 지붕의 훌륭한 저택이다.

현관문을 노크하니 문이 열렸다.

"어라, 지드?"

쿠에나가 얼굴을 내밀었다.

안쪽에는 빵을 문 실라가 복도를 걷고 있었다.

"오오, 지드!"

실라가 내 얼굴을 보자마자 빵을 문 채로 왔다.

둘 다 잘 지내는 모양이다.

"자, 이거 받아."

아까 노점에서 산 꼬치를 건넸다.

실라가 받았다.

"어, 뭐야 뭐야? 프러포즈라면 반지를 선물하는 법인데?"

"뭔 소리 하는 거야, 넌. 전에 필이 너희한테 싸움을 걸었잖아. 그걸 사과하는 거야. 내 문제에 말려들게 해버린 것 같아. 미안."

실라의 말을 받아넘겼다.

건네준 꼬치를 보고 쿠에나가 쓴웃음을 짓고 있었다.

"그걸로 꼬치를 사 오다니, 이럴 때는 더 비싼 걸 선물해야 해."

"……그래? 사과할 때는 간단한 걸 선물하는 편이 좋다는 것만 들어서. 미안."

"뭐, 형편을 생각하면 어쩔 수 없다고는 생각해."

쿠에나는 직언하면서도 아주 마음에 안 드는 건 아닌지 꼬치를 입 안 가득 넣고 먹고 있었다.

아, 이래저래 말은 해도 먹는구나.

실라도 하나 꺼내서 먹었다.

"이거 맛있네. 이야, 요즘은 계속 집에서 만들어 먹기만 해서 노점이나 식당 같은 곳은 이용을 잘 안 한단 말이지. 난 자주 직접 요리하는 타입이니까."

실라가 이쪽을 힐끔힐끔 보면서 '직접 요리한다'라는 문구를 심하게 강조했다.

"요리라니, 사냥한 마물을 통으로 구울 뿐이잖아."

"아, 그걸 말해버리는구나! 향신료나 조미료를 버무리는 걸 못 봤나 보네~!"

쿠에나의 고자질(?)에 실라가 볼을 부풀렸다.

이 녀석들 사이좋구나.

"아니 뭐, 맛있는 건 인정해."

"에헤헤~. 지드도 어때? 노숙할 때 요리를 하는 사람이 있으면 마음이 따뜻해진다?!"

실라가 얼굴을 훅 가까이 댔다.

"노골적인 어필이네……."

쿠에나가 머리를 짚으면서 말했다.

그 말의 진의를 파악하지 못하고 물었다.

"어필?"

"카리스마 파티에 들어가고 싶다는 거야."

"아아. 그러고 보니 파티 인원은 다 찰 것 같은데."

방금 리프에게 들은 이야기를 전했다.

그 이야기를 듣고 두 사람이 놀란 기색을 보였다.

특히 실라는 엎어져 있었다.

"그런 얘긴 못 들었는데?!"

"그야 나도 방금 들은 참이니까. 다음에 안면을 튼대. 한 사람은 너희도 아는 얼굴이지만."

"아는 얼굴? 대체 누가 A랭크인 나를 제쳐두고……."

"그 폭주 검성 필과 전 S랭크였던 유이라는 녀석이야."

"······?!"

이름을 들은 순간 쿠에나가 눈을 크게 떴다.

입술과 손바닥에 힘이 들어가 있다.

"둘 다 길드에 돌아왔다, 들어왔다면서 화제가 된 사람들이네~. 이런저런 소문이 돌고 있는데 카리스마 파티에 들어가기 때문일 줄은. 뭐, 타당하다고 볼 수 있겠네."

실라는 납득이 된 모양이다. 쿠에나만큼 놀란 눈치는 아니었다.

"넌 안 놀라는구나. 쿠에나는 꽤 놀란 것 같은데."

"차근차근 생각해보면 나는 카리스마 파티보다 지드 파티 지망이니까."

"그, 그렇구나."

솔직한 마음에 기쁨을 느끼면서도 부끄러워졌다.

"어때? 가사 전반이 가능하고 전투도 가능한 유능한 멤버를 들이는 건?"

"으음, 도움은 되겠지만 의뢰에는 페이스라는 게 있어서."

"야한 쪽 챙겨줄게."

실라가 풍만한 가슴을 모았다.

확실하게 평균을 아득히 뛰어넘은 크기의 두 반구체가 몰캉, 형태를 바꿨다.

"큭······! 유혹이 굉장해······!"

그 포즈가 실라의 매력에 박차를 가했다.

지금까지 금욕적인 생활을 계속해온 내 눈에는 너무 행복해서 오히려 독이 되었다.

"앗 거의 다 넘어온 거 같은데. 그럼——."

실라가 다가와서 마무리를 하려고 했다.

하지만 그 전에 조용히 있던 쿠에나가 입을 열었다.

"……있잖아, 그 유이라는 사람, 제국에 스카우트된 그 유이야?"

"제국군에 유이란 사람이 더 없다면 그 유이겠지."

"아니, 그렇지. 길드에 돌아온 건, 그 유이지."

쿠에나는 시비를 걸어온 필이 아닌 유이에 대해서만 물었다.

파티 건이 아니라, 유이와 관련된 제국의—— 더 나아가서는 언니에 대해 석연치 않은 감정이라도 있는 것이리라.

특히 유이라는 녀석은 S랭크가 되어 제국에 스카우트되었다.

즉, 유이는 쿠에나에게 있어서——.

"유이는 나에게 있어서 동경의 대상이었어. 너랑 마찬가지로."

"아, 그렇겠군."

쿠에나는 전보다 나를 더 믿는지 숨기지 않고 말해줬다.

이러는 편이 더 편하고 알기 쉽다.

"그런 애가 다음엔 카리스마 파티에…… 네 옆에 서다니."

"……."

쿠에나의 얼굴이 어둡다. 흐리멍덩했다.

왜일까. 이대로 가면 별로 안 좋을 것 같은 느낌이 들었다.

쿠에나는 나에게 소중한 사람이다.

신세를 졌으니까.

이야기하기 편하니까.

기사단을 나와서 처음으로 마음을 터놓은 사람이니까.

그래서 자연스럽게 말이 목에서 걸리지 않고 나왔다.

"만약 카리스마 파티가 아니라도 괜찮다면 나랑 파티를 결성하지 않을래?"

이건 근본적인 해결책이 되지 않을지도 모르지만 잠시나마 쿠에나에게 도움이 된다면 좋겠다는 생각으로 한 말이었다.

"어?!"

"괜찮아?! 쿠에나랑 내가 들어가도!!"

쿠에나와 실라가 갑작스러운 제안에 경악했다.

실라에게 한 말이 아니었는데, 둘은 파티를 맺고 있는 것 같으니 당연한 흐름인가.

아.

"아니, 뭔가 실라의 유혹에 넘어간 것처럼 됐지만, 그런 거 아니니까. 너희 둘은 강하고 나에게 부족한 상식과 지식을 가지고 있어. 어떻게든 넘어가고는 있지만, 나는 아까 선물을 줬을 때처럼 곧잘 바닥이 드러나니까⋯⋯."

"난 야한 시중을 들어도 전혀 상관없어! 그렇지, 쿠에나?"

"호앗?! 잠깐, 너 어딜 만지는 거야! 난⋯⋯!"

실라가 쿠에나의 가슴도 모았다.

쿠에나도 막상막하로 좋은 가슴이다⋯⋯!

위험하다.

이 파티를 결성하면 나는 머리가 이상해지는 게 아닐까.

"그런데 어차피 파티를 맺는다면 한 명 더 있으면 좋겠는데. 가능하면 치유를 담당하는 사람으로!"

실라가 쿠에나의 풍성한 과실의 형태를 말캉말캉 바꾸면서 말했다.

"치료라니, 딱히 우리만으로도…… 읏…… 그만 만져……!"

항상 앙칼진 쿠에나가 가냘픈 목소리를 냈다.

"무슨 소리야! 여기까지 왔으면 '타도 카리스마 파티'를 목표로 삼아야지!"

"아니…… 나도 일단 카리스마 파티인데."

"지드는 다르지! 다른 세 명이랑 우리 셋이 싸우는 거야!"

묘하게 씩씩거리는 실라.

아무래도 그녀 나름대로 쿠에나를 생각해서 한 언동인 듯하다.

만약 이 파티로 카리스마 파티를 이긴다면 그건 쿠에나에게도 도움이 된다. 루이나도 쿠에나를 무시할 수 없을 것이다.

"지드 씨! 여기 계셨군요……!"

문득 뒤에서 목소리가 들려 뒤를 돌아보았다.

여기는 일등지인 만큼 통행이 적어 뒤에는 한 사람밖에 없었다.

"스피였구나. 무슨 일이야?"

진·아스테라교의 지도자와 같은 존재가 거기에 있었다.

품에는 전에 봤던 천에 감싸인 막대기를 안고 있었다.

왠지 모르게 무슨 일로 왔는지 파악할 수 있었다.

"성검을 받아주세요! 이건 지드 씨가 갖고 있어야 하는 물건이에요!"

역시…….

"성검——! 혹시 너 치료마법 쓸 수 있니?!"

내가 대답하기 전에 실라가 그런 말을 했다.

그러고 보니 옛날에 들은 유명한 이야기에서 성검을 용사에게 전하는 성녀의 일화가 있었지.

옛날에 어느 용사 파티에서——.

한 신앙심 깊은 성녀가 성검이 반응을 보인 남자—— 용사가 될 사람에게 성검을 전했다고 한다.

비슷한 상황이라 실라도 데자뷔 같은 느낌을 받았을 것이다.

"조, 조금이라면……."

스피가 당황하면서 그렇게 대답했다.

이상하다. 난 그저 쿠에나에게 기운을 좀 넣어주려고 꺼낸 이야기였는데, 파티가 점점 점점 예상 밖의 방향으로 나아갔다.

실라는 파티에 그녀를 끌어들일 작정인지 손을 붕붕 흔들며 이야기에 열중하고 있었다. 얼마 지나지 않아 교섭에 성공했는지 실라가 하늘 높이 손가락을 들며 선언했다.

"——그럼, 타도 카리스마 파티!"

실라의 드높은 목소리가 울렸다.

"아, 아니, 전 정말로 그럴 시간이 없는데요?!"

스피는 왠지 소극적이었다.

실라가 억지를 부린 듯하다.

"나도 딱히 타도까지는 원하지 않아."

"무슨 소릴~……!"

"잠깐, 손 꿈틀거리지 마!"

실라의 눈이 수상하게 반짝였다.

쿠에나가 위기감을 느끼고 가슴을 지켰다.

"사람이 없다고는 해도 길가니까 적당히 해."

"사람이 있으면 안 했지. 앗, 지드도 해볼래?"

실라가 그런 말을 하자 반사적으로 쿠에나가 나를 째릿 노려 봤다.

나도 모르게 눈을 돌렸다.

"……그럴 수는 없어."

"에에~. 탄력 있고 감촉이 최고인데, 아까워~."

"──이제 그만해!"

쿠에나가 실라의 머리를 때렸다.

머리에 혹이 난 실라가 눈가를 적시며 양손으로 머리를 만졌다.

"너무해~!"

"그건 내가 할 소리야!"

"저기~, 그래서 지드 씨, 이 성검을 부디……!"

"아니, 전에도 말했지만 난 검을 쓸 줄 모른다니까. 그리고 이 건 갖고 있어 봐야 귀찮은 일만 불러올 것 같아."

이렇게 해서 세상 사람들이 호들갑스러운 선전 문구를 붙이거나 내가 두 파티를 겸임하게 되는 등, 이래저래 바빠졌다.

그래도 난 바쁜 게 싫지 않았다.

기사단에 있었던 때와는 다르게 기분 좋은 분주함이다——.

제 4 장

붉은 여제의
접근

The Slave of the "Black Knighs" is
Recruited by the "White Adventuer's Guild"
as a S Rank Adventure

2

제1화 카리스마 파티

카리스마 파티의 첫 대면을 위해 난 길드 마스터실 앞에 와있었다.

안에서 네 명의 기척이 느껴졌으므로 나는 내가 마지막이라는 걸 알았다.

똑똑, 손으로 노크했다.

안에서 '들어오게~'라는 힘없는 소리가 돌아와서 문을 열었다.

"늦은 것 같네, 미안."

들어가면서 인사했다.

방 가장 안쪽에는 여전히 아이들 사이즈에 맞춘 작은 책상과 의자가 자리를 지키고 있었다. 리프에 대해 아는 사람이라면 길드 마스터 전용이라는 걸 단박에 알 수 있다.

그 아담한 의자에 리프가 태평한 웃음을 띠고 앉아있었다.

리프 앞에는 마주 보게 놓인 응접용 소파와 낮은 검은색 책상이 있었다.

한쪽에는 소리아와 필이 앉아있었고, 다른 한쪽에는 검은 머리칼의 미소녀인 유이가 앉아있었다. 군복을 입고 있으며 허리에는 단도를 차고 있었다.

사진과 똑같은 용모다.

"늦지는 않았네. 딱 맞췄어."

"아뇨, 외람된 말이지만 리프. 지드는 늦었습니다. 소리아 님을 기다리게 하는 건 곧 지각입니다."

"저, 전 신경 안 써요⋯⋯!"

소리아는 얼굴을 주홍색으로 물들이며 내 쪽을 힐끔힐끔 봤다.

그 반응에 필의 얼굴이 더욱 짜증으로 물들었다.

"만나서 반가워, 지드야."

나는 유이 옆에 빈자리로 가서 옆자리에 인사하면서 앉았다.

"유이."

이쪽을 보지 않고 검은 책상 위에 놓인 차를 마시면서 소녀가 단적으로 이름을 댔다.

상당히 과묵하다. 게다가 표정에 조금도 변화가 없다.

"좋아, 이걸로 다 모였군. 이게 카리스마 파티가 될 면면들이네. 앞으로는 길드를 위해 함께 활동하는 일이 많아질 것이야. 갑작스럽지만 대형 의뢰를──."

"그 전에 괜찮습니까, 리프."

리프의 말을 가로막고 필이 손을 들었다.

딱히 기분이 상한 기색도 없이 리프가 고개를 갸웃했다.

"왜 그러나?"

"아직 실력을 파악하지 못한 멤버가 있습니다. 그녀가 소리아 님 곁에 있어도 괜찮은지 판단하고 싶습니다만."

필이 내 옆에 있는 유이를 바라보며 말했다.

그러자 유이가 마시던 차를 검은 책상에 놓았다. 의식이 이미 허리에 찬 단도를 향하고 있었다. 언제든지 받아줄 생각인 보다.

리프가 '이거야 원'이라고 말하는 듯한 표정으로 손가락을 맞대 딱 소리를 냈다.

그 순간── 실내의 비품 하나하나가 강철 같은 결계에 감싸였다.

나와 소리아도 보호받고 있다. 상당히 고도의 마법이다. 공간 파악 능력도 마력 조작도 일류여야만 가능한 재주였다.

"마음대로 해도 좋네. 단, 방에서는 나가지 말게."

"" _____ .""

리프의 허가를 받은 순간.

격렬한 검극이 펼쳐졌다.

소리아가 '와아~' 하고 멍하니 바라봤다. 당연한 반응이다. 오히려 태연히 구경하는 모습이 이런 일이 자주 있었다는 걸 보여 주고 있었다.

1초에 검이 수십 번 번쩍이며 잔상을 남겼다. 날이 부딪치는 소리가 동시에 사방에서 들려올 정도다.

평범한 사람은 보이지도 않을 것이다.

문득 잔상이 내 앞을 지나갔다. 두 사람의 움직임을 따라 움직이던 내 시선도 자연스럽게 소리아와 마주쳤다.

"하읏……!"

소리아는 알 수 없는 소리를 내며 눈을 피했다.

전부터 생각했지만, 나만 봤다 하면 이런 상태다. 설마 낯가림 하는 건가.

한 파티가 되었으니 익숙해졌으면 한다.

필이 말하길 호의가 있는 것 같으니 친해지면 좋겠는데.

그런 생각을 하고 있으니 소리가 멎었다.

승패는 갈리지 않았지만 납득이 갈 때까지는 싸운 모양이다.

"……제법이군."

헉헉거리며 어깨로 숨을 쉬면서 필이 말했다.

한편 유이는 아무 일도 없었다는 태도로 입을 열지 않고 앉았다.

장검과 단도의 차이가 나타났구나.

좁지는 않지만 넓지도 않은 방이다. 무기의 길이로 간격도 움직임도 변한다. 장검을 든 필이 조금 더 힘들었을 거다.

실력이 비슷하다면 이런 조건 차이가 더욱 현저하게 나타난다.

"넌 뭔가 할 말은 없나. 너도 나 이외에 실력을 확인하고 싶은 멤버가 있을 텐데?"

필이 반응 없는 유이를 보면서 물었다.

유이가 내 쪽을 언뜻 봤다.

당연하다. 소리아는 전투원이 아니니까 소거법으로 내가 남는다.

"지드는 나중."

"그건 무슨 뜻이냐? 지드만 미루는 이유를 모르겠군."

"나중. 이상."

필의 물음을 한마디로 물리쳤다.

제멋대로지만 아무 말도 못 하게 하는 위압감이 있다.

필도 욱해서 표정을 굳히긴 했지만, 더는 추궁하지 않았다.

아무래도 자제하고 있는 듯하다. 소리아가 엮인 문제가 아니라서 그런가.

"뭐, 정리된 것 같으니 본론을 전하지."

자리가 조용해졌을 즘에 리프가 말을 걸었다.

소리아는 리프 쪽을 예의 바르게 보았고, 필도 그 뒤를 따랐다.

유이는 철저하게 자신의 페이스로 차를 마시고, 난 그런 주위의 상황을 보고 리프와 시선을 맞췄다.

"갑작스럽지만 그대들 '카리스마 파티'가——."

리프가 말하면서 우리 앞에 서서 검은 책상에 한 장의 의뢰서를 쾅 하고 팽개치듯이 놓았다.

"——의뢰를 받아줬으면 하네."

의뢰서를 봤다.

거기에는 '최대급 지하 던전 이르베크 공략'이라 적혀있었다.

"오오, 이르베크인가요."

소리아가 입가를 가리면서 말했다.

옆에 있는 필도 표정이 딱딱해졌다.

"알고 있는 대로 S랭크 지정 지하 던전이다. 옛 마왕이었던 '란 이르베크'가 인류를 침략하기 위해 만들어낸 것이지."

"음, 그 녀석은 어떻게 됐어?"

나는 호기심에 마왕의 행방을 물었다.

미궁은 아직 있다고 하지만, 마왕은 없다는 이야기를 들었다.

그럼 그 마왕은 어디에 있는가.

"당시의 7대 마귀족 중 한 명이 하극상을 일으켜 사망했네. 그래서 당시 침략용으로 사육된 강대한 마물이 방치되면서 던전 안에 독자적인 생태계를 만들어냈지."

"지금도 이르베크에서 밖으로 나온 마물이 날뛰는 일이 있어요."

소리아가 보충 설명을 하듯이 가르쳐줬다.

여전히 시선이 어색하지만, 마음을 써주는 듯했다.

"전에 A랭크인 토롱 무리가 나와서 신성 공화국 안의 마을 하나가 무너진 적도 있었지. 그때는 나와 소리아 님이 어떻게든 수습했지만 피해가 아주 컸다."

"흐음. 즉, 이건 인간의 영지에 있다는 건가."

"원래 입구는 마족령에 있네만, 던전이 얼마나 큰지 각지에서 침입 경로가 발견되고 있네. 특히 마왕 란 이르베크가 죽은 이후, 은폐 마법이 풀리면서 더욱 두드러졌지."

"그래서 언제인가요? 이 공략은."

소리아가 작게 손을 들어 물었다.

이에 리프가 미리 정해뒀을 것이라 여겨지는 일시를 발표했다.

"그대들의 스케줄에 따르면 내일부터 3일간은 비어있는 것 같더군."

"그럼 내일부터 가는 건가요?"

"무슨 말을 하는 건가, 소리아여. 당연히 오늘부터지."

뭐, 놀랍지는 않다.

다른 사람들도 예상 범위 안이었는지, 별다른 반응은 없었다.

"뭐냐, '그런 무리한 요구는 그만둬~!'란 반응을 기대했는데."

리프가 장난스럽게 웃었다.

애초에 나를 부를 때 최대한 준비하고 오라고 했었다. 아마 다들 비슷한 연락을 받았을 거다.

어차피 준비도 안 됐는데 다짜고짜 일을 맡길 리도 없다. 참고로 난 맨손으로 싸우는 데다, 밖에서도 얼마든지 잘 수 있기에 여전히 빈손이었다.

"그럼 이르베크로 전이하마. 그쪽에 다른 모험가랑 용병을 불러났다."

"다른 사람이 더 있어?"

"넷이서 도전하기에는 던전이 너무 거대하니 말이야. 다소의 배려는 했네."

리프가 그렇게 말하면서 손가락을 맞댔다.

맞대고 문지르자 딱 하는 경쾌한 소리가 나고 주위에 빛이 넘쳐흘렀다.

시야가 밝아졌나 싶었더니── 풍경이 순식간에 변화했다.

나무가 한 그루도 보이지 않는 대초원이었다.

눈앞에는 함정 같은 거대한 구덩이가 있었다.

우리 주변에는 무장한 사람들이 에워싸고 있었다.

30명 정도는 있을 것이다. 전부 실력자라는 걸 알 수 있었다. 아마 이들이 리프가 불렀다는 사람인 모양이다.

"음, 다들 모여 있구면."

리프가 주위를 둘러보며 끄덕였다.

내가 면면들을 둘러보자 면식이 있는 얼굴이 있었다.

"오오, 형씨 오랜만이네."

체모가 짙은 아저씨.

크제라 왕국의 기사단을 타도하기 위해 고용한 딧지였다.

상당히 오랜만이군. 웨이라 제국을 거점으로 삼고 있는 A랭크 모험가였지, 아마.

"잘 지냈나? 그때는 고마웠어."

"감사는 무슨, 어차피 우리는 크게 도움 되지 않았을 텐데. 그런 겉치레는 됐어. 오히려 S랭크님이 대단하지. 이야기가 웨이라 제국에까지 들려올 정도라고! 가하하핫."

"유명하다고 해도 나쁜 쪽이잖아. 이미 몇 번이나 들었어."

상당히 나쁘게 두드러졌다는 자각은 있다.

그래서 악평도 퍼지고 있다. 그런 이야기를 들었다.

"뭐, 다소 이상한 소문도 돌고 있는 것 같지만, 신경 쓸 것 없어. 제국의 군부는 꽤 깔보는 모양이지만, 그건 그 사람들의 기질 같은 거니까. 자신감이 넘치는 녀석들이 많으니까."

딧지가 시원스럽게 웃어넘겼다.

그런 대화를 한창 하는 도중에 리프가 손을 팡팡 쳐서 모두의 시선과 의식을 집중시켰다.

"그럼 공략 개요를 이야기하겠다——."

공략 목표는 지극히 간단했다.

최심부에 있는 '던전이 붕괴하는 매직 아이템' 확보다.

던전에는 시설을 포기할 때를 대비해 그런 매직 아이템이 놓여 있다고 한다.

다만 가는 길은 마물들로 가득하고 얼마나 넓은지도 모르며, 지도도 없다. 더듬어 가는 수밖에 없다.

물론 앞서 들어간 수많은 조사대의 노력으로 중계지점까지는 길이 있으니, 어려운 구간만 해결하면 된다고 한다.

나는 리프에게 의문점을 물어보았다.

"탐지 마법이랑 전이는 쓰면 안 돼?"

"쓸 수 있다면 상관없지만, 그걸 방해하는 마법진이 던전에 설치되어 있네."

흐음. 잘 생각했네.

시험 삼아 탐지 마법을 전개해봤다.

——리프의 말대로 파도가 치는 것처럼 일정 장소까지 마력을 보내면 튕겨 나왔다.

확실히 이래서는 나아갈 방법이 없다.

하지만.

문득 뇌리에 의문이 스쳐 지나갔다.

억지로 마력을 통과시키면 어떻게 될까?

던전에는 마력을 튕겨내는 마법진이 몇 개나 설치되어 있었다.

탐지 마력을 보내면 마법진이 똑같은 마력을 돌려보내 상쇄하는 구조다.

확실히 뛰어난 마법진이었다.

하지만 이거라면 어떠냐.

나는 몇 번이고 몇 번이고 집중해서 똑같은 부분을 노렸다.

마력의 강도에 변화를 주거나 폭을 넓히기도 하고 좁히기도 하고——.

……쩍

그런 소리가 울린 듯한 느낌이 들었다.

"아."

나도 모르게 입을 열었다.

리프가 의아하다는 표정을 지었다.

"왜 그러나?"

"뚫어버렸어."

"뭐가 말이야?"

"탐지 마법을 방해하는 마법진을 뚫었다고."

"뭐?"

'이 녀석 무슨 소릴 하는 거지?' 그런 표정이다.

주위도 상황을 파악하지 못한 상황이라 수상쩍어하며 내 쪽을 보고 있었다.

"마법을 방해하는 마법진을 어떻게든 부술 수 없을까 하고 생각했는데, 마력을 대량으로 부딪쳤더니 파괴됐어."

"뭐라고?! 마법진의 위치를 어떻게 찾을 수 있는 겐가?!"

"어느 정도라면. 교묘하게 숨겨져 있지만, 탐지 마법이 튕겨 나오는 부분을 주의 깊게 살피면 찾을 수 있어."

"원격으로 그런…… 이건 매직 아이템을 훑는 것과는 전혀 다른 일이네. 아니, 노예의 목걸이를 풀 수 있는 그대라면 가능한가……?!"

리프가 무시무시한 기세로 말했다.

리프가 잠시 아연실색한 모습으로 입을 떡 벌리고 있다가 정신을 차리고 내 눈을 봤다.

"탐지를 더 진행할 수 있나?! 어디까지 갈 수 있지?!"

"아직 여유 있어. 지금도 마법진을 부수면서 나아가고 있어."

크기가 어느 정도인지는 모른다.

이미 숲 하나를 가볍게 뒤덮을 정도까지 나아갔다.

지금 보니 상당히 크다.

우글거리는 마물은 상위 랭크뿐이고 나도 모르는 마력의 기척마저 있었다.

이런 게 밖으로 나와 날뛰면 확실히 성가실 것 같다.

""""……!""""

골똘히 생각하고 있으니 다들 입을 굳게 다물고 나를 지켜보고 있었다.

그들의 시선이 신경 쓰인 나는 일단 리프에게 물었다.

"알고 있는 부분만이라도 좋으니까, 얼마나 큰지 알 수 없을까?"

"……지금 어느 정도까지 파악했지?"

"음~. 아까 막 13개의 분기가 있는 공간을 지났어. 그중 8개는 길이 막힌 것 같지만."

"아무도 그런 곳까지 못 갔어! 전체 구조는 아무도 파악하지 못했다고……! 에이잇, 이렇게 된 이상 그대에게 맡기지! 목표지점에 도달하면 가르쳐주게!"

리프가 자포자기한 기색으로 말했다.

뭐, 어려운 것도 없다. 탐지 마법이 퍼질 때까지 기다리면 된다.

그로부터 한참 뒤.

겨우 가장 마지막 막다른 곳에 도달했다.

큰 공간이다.

마치 제단 같은 느낌이었다. 중심부 단상 위에 둥근 물건이 놓여있었다. 아마 수정일 것이다.

던전 곳곳과 연결된 게 느껴졌다.

"아마도 여기가 최심부겠군, 전이로 잠깐 갔다 올게."

"가, 갈 수 있나?!"

"어어, 금방 돌아올게."

내가 전이하려는 순간, 누군가가 내 소매를 붙잡았다.

유이였다.

"나도 갈게."

"금방 갔다가 올 뿐인데?"

"만일을 위해."

유이가 밀어붙이듯이 말했다.

무슨 생각인지 모르겠지만, 거절할 이유를 찾을 수가 없었다.

"그, 그그그그, 그럼 저도!"

"소리아 님이 가신다면 저도 동행하겠습니다."

소리아와 필도 유이를 뒤따라 지원했다.

하지만 유이는 그런 둘에게 무감정한 시선을 보내며 막아섰다.

"필요 없어."

"뭣. 이 자식, 소리아 님에게 '필요 없다고' 했나?!"

"마력 낭비. 만에 하나 지드와 내가 밖으로 못 나가게 되면?"

데리러 오는 건 너희 몫, 이라고 말하는 듯했다.

"……칫. 그렇다고 해도 말은 골라서 해야 하지 않나."

"지, 진정해요. 전 신경 안 쓰니까요."

일촉즉발. 필은 검을 뽑을 뻔했다. 상당히 위험하다.

파티는 다 이런 분위기인 걸까. 다른 파티를 모르기 때문에 뭐라 할 수가 없었다.

쿠에나와 실라, 스피와 파티를 맺긴 했지만, 아직 한 번도 의뢰를 수행하지 않았다. 그래도 평소에는 절대로 분위기가 위태로워

지거나 하지는 않았는데.

"그럼, 갔다 올게. 전이."

유이를 데리고 찾아낸 공간으로 이동했다.

풍경이 순식간에 변했다.

횃불을 모방한 매직 아이템이 사방의 벽에 여럿 설치되어 있었다. 아직 마력으로 가동되고 있어서 주위는 어두컴컴한 정도라 시야는 확보할 수 있었다.

넓이도 미리 확인한 대로 널찍했다.

사람 백 명은 여유롭게 수용할 수 있을 정도는 됐다. 천장도 3m 정도.

중심부의 제단은 목제이며 위에 있는 녹색 수정이 괴이하게 빛나고 있었다.

"이게 던전이 붕괴하는 매직 아이템인가."

주위에 마물의 기척은 없다.

한쪽 벽에 호사스러운 문에 달려있었고 그 너머에 몇 마리인가 있지만, 이쪽으로 들어올 기색은 없었다.

스르릉 하고 칼이 칼집에서 떠나는 소리가 들렸다.

"──."

부자연스러운 소리에 돌아보니 느닷없이 칼날이 닥쳐왔다.

나는 순간적으로 상반신을 젖혀 피했다.

"무슨 짓이야, 유이."

"……."

161

단도를 휘두른 사람은 말할 것도 없이 유이였다.

세뇌도 최면도 걸린 흔적은 없다.

분명히 그녀의 의지다.

"설마 여기 와서 나와 적대하는 거야?"

"이건 적대행동이 아니다."

"그럼 뭐야?"

"시험한다──."

유이의 단도가 허공을 갈랐다.

아무래도 필이 시험했을 때 '지드는 나중'이라고 한 게 지금인 모양이다.

왜 이 타이밍인데.

물어보고 싶은 게 좀 많았지만 나는 입을 다물고 유이의 잔상을 간파하며 피했다──.

"──이걸로 됐어?"

필과 유이가 싸웠을 때만큼의 시간이 흘렀다.

슬슬 만족했으려나 하고 입을 열자 유이는 아무 말도 하지 않고 검을 집어넣었다.

"이번엔 지드 차례."

"……응?"

"한 번도 공격하지 않았다. 그러니 지드 차례."

유이가 양팔을 크게 벌렸다. 그건 공격을 받으려는 자세였다.

내가 공격을 안 한 게 불만인 모양이다.

어이어이, 제정신이냐.

"이런 곳에서 싸울 생각은 없어. 무슨 생각이야."

"여기 외에는 없어."

"그건 무슨 뜻이지?"

"네 실력을 측정한다."

"그럼 네 공격을 다 피했으니 인정해줘."

"지드의 공격도 봐야 한다. 광범위 탐지 마법과 고도의 전이 마법으로 마법 실력은 이미 증명됐다. 남은 건 공격 능력뿐."

유이의 말에는 평온하고 확고한 의지가 담겨있었다.

봐야 한다…… 말의 진의에 의문을 품으면서도 나는 검지를 구부려 끝부분을 엄지에 포갰다.

소위 딱밤이라는 것이다.

나는 손끝을 유이 쪽으로 향했다.

"정 그렇다면 알겠어. 하지만 네가 먼저 말했으니까 아파도 참아."

"……? 웃기지 마──."

뭔가 말하려던 유이가 전력으로 얼굴을 돌렸다.

허공을 가른 손가락이 굉음을 냈다.

딱밤과 어울리지 않는 육중한 소리가 울려 퍼졌다.

유이의 짧은 머리카락이 바람에 휘날리고 있었다. 미처 피하지 못한 머리카락이 바람과 함께 벽에 처박혔다.

"이건……?!"

"공격이야. 단순한."

"마법……?"

"마력을 쓰긴 했지. 마법이기도 하고 아니기도 하고."

"마법이 아냐? 하지만 이 위력은……."

유이가 깊이 생각했다.

손끝을 턱에 대고 일어난 일을 반추하는 듯했다.

그래도 답을 찾아내지 못했는지 눈을 맞췄다.

힘을 추구하는 자의 눈이다.

"어떤 구조지? 분명 인간 존재를 벗어나 그 너머에 있는 힘."

만났을 때보다 수다스러워진 유이가 살짝 얼굴을 들고 기쁜 모습으로 물어봤다.

"그 전에 나도 묻지. 파티 멤버의 힘을 시험하는 것 치고는 명백하게 정도가 과해. 무슨 꿍꿍이야?"

"……."

그러자 유이는 입을 다물었다.

"대답할 수 없으면 딱히 상관없어. 빨리 수정을 들고 돌아──."

"……."

돌아서서 매직 아이템을 집으려고 하는 내 등에 유이가 부딪쳐 왔다.

갑자기 일어난 일이지만 적의는 없어서 무리하게 피하지는 않았다.

몸에 이상은 없다.

"뭐 하는 거야."

고개를 갸웃하며 돌아보니 유이가 등에 밀착해 있었다.

달라붙어 있다.

"널 꼬신다."

"……무슨 소리야?"

"널 미인계에 빠뜨린다."

"여전히 짧은 대답인데 왠지 모르게 알 것 같네……."

목적도 이유도 짐작이 갔다.

"그게 제국의 의지라는 거지?"

"응."

단적인 대답이다.

동시에 몸을 비비면서 여성적인 부분을 음란하게 써서 정욕을
불러일으켰다.

예전의 나였다면 당황해서 머리가 돌아가지 않았을 것이다.

하지만 지금의 나는 다르다.

실라에게 단련을 받은(?) 여성 내성으로 인해 거의 효과가 없
었다. 아니, 조금은 효과가 있다. 아니아니, 사실은 효과가 엄청
나다.

"루이나 님이 말씀하셨다. '지드를 빼앗기 위해서라면 몸을 써
도 상관없다! 어떻게든 차지해라!'라고."

"……그거 진심이야?"

유이가 기백이 안 실린 루이나의 흉내를 냈다.

아마 루이나는 '수단을 가리지 말라'라는 의미로 한 말일 텐데, 유이는 고지식하게도 시킨 대로만 수행하고 있었다.

"당신이 제국에 온다면 뭐든지 하겠어. 난 이런 경험은 없지만 마음대로 해도 좋아."

말캉, 하고 두꺼운 군복 위로도 알 수 있는 부드럽고 큰 두 개의 언덕을 밀어붙이는 게 느껴졌다.

뭐, 뭐든지…… 한다고?

말도 안 된다. 있을 수 없다. 단 한마디에 왜 이렇게까지 마음이 동요하는 거지.

실라 덕분에 내성이 생긴 줄 알았는데……!

머릿속에서 '이성'이라는 두 글자가 좌우에 적힌 실라의 가슴과 '에로'라고 적힌 유이의 가슴이 맞부딪치고 있다……!

힘내라 실라!

이겨줘! 내 이성을 승리로 이끌어줘!

아니, 잠깐만.

잘 생각해보니 이거 둘 다 가슴이잖아!

실라가 이겨도 실라의 가슴에 굴하는 거잖아!

틀렸다.

더 이상 생각하지 마라.

하반신을 진정시켜라.

그래…… 고블린의 물건을 생각하자.

큼직하게 하나의 팔처럼 우뚝 선 그것!

번쩍번쩍 빛나는 눈에 의기양양하게 자랑하는 남자의 무기……!

고블린의 ㅇ추

고블린의 ㅇ추

고블린의 ㅇ추

앗………… 진정됐다.

내가 생각해도 바보 같은 상상을 해버렸지만…….

지금이 기회다!

"……난 제국에 갈 생각이 없어. 용사 협회를 이용해서 신성 공화국을 침략하려고 했잖아. 좋은 인상이 하나도 없다고."

"힘이 없으니까 망한다, 힘이 있으니까 번영한다. 그것이 세상의 이치."

나는 유이를 밀어냈다.

나는 힘을 추구한 끝에 붕괴한 크제라 기사단의 모습을 보았다.

나는 힘에 취해서 붕괴한 용사 협회의 말로를 보았다.

내가 보기에 제국은 수렁을 향해 나아가고 있다.

힘이 있으면 망하지 않는 건가.

힘이 있으면 번영하는 건가.

유이의 말에는 위화감밖에 느껴지지 않았다.

"적어도 난 제국에 관심 없어. 그리고 지금은 의뢰를 수행하는 중이야. 이 이상 아무것도 하지 마."

다시 매직 아이템인 수정을 집었다.

어떻게든 거절하니 유이가 표정을 바꾸지 않고 가만히 있었다.

"지금은 알았다. 하지만 이게 내 임무다."

"······어어."

즉 포기하지 않겠다는 것이다.

안 좋은 예감을 들었지만, 유혹에 지지 않으면 된다고 생각하면서 전이를 사용했다.

◇

잠시 후 걱정스러운 표정을 지은 소리아가 눈앞에 나타났다.

"어, 어서 오세요. 다치지는 않았나요?!"

"그래, 문제없어."

"다행이에요······."

"지드, 그게 던전을 무너뜨리는 매직 아이템인가."

리프가 내가 가지고 있는 수정을 뚫어지게 보며 말했다.

그녀 나름대로 마력의 흐름을 살피는 듯했다.

"그래, 틀림없어. 아마 땅속의 기둥이라 할 만한 부분을 부수는 물건일 거야. 이걸 사용하면 이 일대뿐만 아니라 인간의 영지도 지형이 크게 변할지도 몰라."

"흐음. 지드, 던전의 전체 구조를 파악하고 있지? 지도 작성을 부탁할 수 있나?"

리프가 둘둘 만 대륙의 지도와 백지를 펼치고 마지막으로 펜을 꺼냈다.

여기에 던전의 전체 구조를 그리라는 뜻일 것이다.

"이거 또 귀찮은 일이네."

"무너뜨렸을 때의 피해를 막아야만 하네. 거기까지 해야 '해결' 아니겠나."

"피해를 막는 것도 우리가 하는 거야?"

"아니, 거기부터는 우리가 할 것이네. 그렇게까지 부려먹지는 않아."

"그런가. 던전이 너무 크고 복잡해서 이걸로는 다 못 그려. 돌아가서 그릴게."

"그 정도인가? 뭐 괜찮겠지. 그럼 일단 오늘은 해산이군."

리프의 한마디에 주위에서 '추욱~' 하는 낙담한 오라가 전해져 왔다.

딧지가 말을 걸어왔다.

"결국 자네가 있으면 우리는 필요 없잖아."

쓴웃음과 한숨이 뒤섞인 말이었다.

리프가 미안하다는 듯이 말했다.

"미안하군, 다들."

"아니, 아무도 사과할 필요 없어. 지드가 예상을 심하게 뛰어넘는 거지."

딧지의 말에는 반쯤 포기한 듯한 감정이 담겨있었다.

그걸 듣고 맹렬한 죄악감을 느꼈다.

"······왠지, 미안."

"바보 같은 소리 하지 마. 네가 제일 사과하지 말라고. 오히려 우리가 아무것도 못 해서 미안하지!"

보니까 모두가 안타까움을 느끼는 듯했다.

아아, 그렇구나──.

"그럼 지도 제작을 도와주지 않을래? 이건 나 혼자 해서는 오늘 안에 끝날 것 같지 않아. 그리고 정확하게 옮겨 그려야 할 테니까 엄청 힘들기도 할 거고."

"오! 그런가! 내가 해도 좋으면 도와주지!"

"나도! 이 의뢰를 위해 며칠을 비웠어. 받는 돈 만큼 일을 못 하면 받을 기분도 안 든다고!"

"난 딱히 일을 안 하고 돈을 받을 수 있으면 좋지만······ 뭐, 나도 하겠다."

그렇게 소집된 모험가들이 제안에 응해줬다.

그 안에는 소리아와 필의 모습도 있었다. 유이는 이쪽을 한 번 본 뒤에 모습을 감췄다.

"크흐흐. '카리스마'의 편린이구먼."

리프는 그런 우리의 모습을 보고 왠지 즐거운 듯이 웃고 있었다.

◇

큰 작업이었던 지도 제작이 끝나고, 리프 일행은 붕괴 대책을 강구에 들어갔다.

그 후 어느 정도 시간이 지나 나는 쿠에나와 실라와 합류했다.

목적은 파티로서 활동하기 위해, 의뢰를 수행하기 위해서다.

큰 숲에 들어가 요즘 들어 마을을 습격하거나 하는 A랭크 마물인 파랑(破狼) 무리를 토벌했다.

"후우. 이걸로 끝이네!"

"뭐, 이쯤 하면 되겠지."

실라가 이마의 땀을 닦아 한바탕 일을 끝냈다는 느낌을 내면서 실라 쪽에 있는 마지막 한 마리를 쓰러뜨렸다.

옆에서 쿠에나 역시 비슷한 수만큼 파랑을 쓰러뜨리고 있었다.

"안 보는 사이에 또 실력을 키웠네."

"……넌 언제 봐도 강해졌는지 어떤지조차 모르겠어."

쿠에나가 내 뒤에 쌓인 파랑들의 시체를 보면서 빈정거리듯이 말했다.

"나랑 쿠에나가 잡은 양을 합쳐도 모자랄 정도네. 역시 지드!"

"너도 치켜세우지 마. 오히려 토벌 수가 비슷하지 않으면 우리가 설 자리가 없다고."

"뭐, 그래도 이 정도면 카리스마 파티에도 이긴 거 아냐?!"

실라가 들뜬 모습으로 말했다.

그러자 쿠에나도 조심스럽게 끄덕였다.

A랭크 마물 무리의 토벌. 이건 S랭크 의뢰다.

카리스마 파티를 라이벌로 보는 그녀들에게는 아주 좋은 실적이 될 것이다.

그런 와중에 길드 카드가 삑삑 하고 울렸다.

모험가 카드를 꺼내서 보니 '긴급속보'라고 적힌 기사가 올라와 있었다.

내용은 이전에 처리한 던전의 이야기였다.

"이르베크 던전이 공략됐다고?!"

"어, 말도 안 돼! 대체 어느 파티가……!"

카드를 꺼낸 쿠에나와 그 카드를 쿠에나 뒤에서 들여다보는 실라.

잠깐 경악한 모습으로 카드를 바라보고 있던 두 사람이 어색하게 고개를 돌려 내 쪽을 봤다.

"벌써 붕괴 매직 아이템을 쓴 건가. 빠르네."

무섭도록 신속한 행동에 나도 놀랐다.

미리 대처법을 준비해둔 걸까.

"뭐야 그게! 못 들었는데, 지드! 이르베크라면 S랭크 던전이잖아! 매년 엄청난 피해가 나고 있었는데!"

"이거 봐, 설 자리가 없다고 했잖아. 바로 이런 거야."

실라는 반쯤 흥분한 기색으로 말했고, 그걸 나무라듯이 쿠에나가 이어서 말했다.

"미안. 함구 안건이었거든."

아까 전까지 파랑 무리를 쓰러뜨려서 거칠게 숨을 쉬던 실라가 무릎을 꿇고 낙담했다. 애들, 너무 알기 쉽네.

"이, 이게 카리스마 파티의 힘……."

말이 파티지, 사실 붕괴 매직 아이템을 가져온 건 나란 말이지.

그 뒤의 대처나 지도 제작은 다른 사람에게 부탁했지만.

뭐, 그건 말하지 말자.

이건 쿠에나와 실라에게도 좋은 자극이 될 것이다. 대외적으로 봐도 카리스마 파티의 실적으로 남겨두는 편이 길드 입장에서는 좋다.

뭐, 길드 측이 내 기분을 헤아린 건지 기사에 '지드'라는 두 글자가 대대적으로 나와 있었지만.

"이, 이대로는 안 돼……! 차이가 점점 더 벌어지기만 할 거야……!"

실라가 쿠에나에게 매달리면서 말했다.

쿠에나가 울적하게 굴면서 한쪽 눈썹을 내렸다.

"하지만 공을 세우려고 조바심을 내면 자멸할 뿐이야."

"작전회의! 그래! 작전회의를 하자! 지드가 묵고 있는 방에서!"

실라가 눈을 반짝였다.

"네가 가고 싶을 뿐이잖아."

"위로가 필요한 거야~! 작전회의 하자~!"

우와아앙, 이라며 살짝 눈물을 글썽이며 실라가 손과 손을 맞대고 애원했다.

……상당히 바쁜 녀석이다.

"작전회의라고 해도 무슨 이야기를 하는지 모르겠지만, 뭐, 난 상관없어."

"정말! 괜찮아?!"

내가 말하자 웃음꽃이 활짝 피었다.

"기분 좋아 보이네……."

기막힘 반, 익숙함 반으로 쿠에나가 내 마음을 대변했다.

◇

"오오, 여기가 지드가 머무는 여관……! 사전 조사 한 바깥보다 안은 깨끗하네."

"잠깐, 사전 조사라니 무슨 소리야."

실라가 불온한 말을 흘렸다.

하지만 아하하~ 하고 웃으면서 이야기를 흘려듣고 대답하려 하지 않았다. 앞으로는 항상 공간 파악 마법을 써야 하나…….

방은 싱글 침대 하나에 옷장이 하나, 욕실과 변소가 하나, 그리고 의자와 테이블이 하나.

그것들이 비좁게 놓인 곳이 내가 머무는 방이다.

"저기, 지드는 집 안 사?"

"너도 내 집에 묵고 있을 뿐이지만 말이야."

실라의 질문에 쿠에나가 딴지를 걸었다.

이 녀석들 결국은 같이 사는 건가.

"나도 잠깐 생각했지만, 집안일이나 세금 수속 같은 게 귀찮단 말이지."

여관은 알아서 청소해주고 식사도 할 수 있다.

뭣하면 밖에 가면 노점이나 식당이 있어서 굳이 만들 필요가 없다.

뭔가를 매매할 때나 길드 의뢰 중개비로 세금이 나올 때도 있지만, 여관에 묵으면 주민세 등은 낼 필요가 없다.

"그럼 날 평생 고용하는 건 어때? 세금 관리도 할 줄 알아!"

"틈만 나면 어필하는 거, 그만둬 실라. 지드도 틈을 주지 마."

"어, 내가 잘못한 거야?"

"또 그런 소리 한다. 쿠에나도 지드한테 어필하고 싶지~?"

"무, 무슨 말도 안 되는 소릴 하는 거야! 에에잇, 손 꿈틀거리지 마!"

"느흐흐~, 쿠에나의 감촉에 중독되어버린 실라는 멈출 수 없다구!"

그런 대화를 하면서 두 사람이 얽히기 시작했다.

작전회의인가 뭔가 하는 건 어디로 간 걸까.

하지만 화기애애한 모습을 보고 있으니 생각이 들었다.

카리스마 파티처럼 비즈니스 느낌이 있는 관계보다 이쪽이 더 '파티'라는 느낌이 들었다.

뭐, 그건 내 감성 문제이지만.

"——으음. 지드가 다른 여자를 생각하는 느낌이 들어."

실라가 딱 알아맞혔다. 마치 생각을 읽는 마법이라도 쓴 게 아닐까 하는 생각마저 들었다.

"그런 얘기보다, 작전회의 하자."

"뭐라고! 내겐 그게 더 중요해!"

"애초에 왜 여기 온 건지 잊은 거냐⋯⋯."

실라가 볼을 부풀리면서 다가왔다.

드물게도 쿠에나도 주의를 시키지 않았다. 단순히 실라와 얽히고 놀아서 지친 기색이 보이기도 하고, 어딘지 주의 깊게 듣는 눈치이기도 했다.

"지드는 여자 없어?"

갑자기 실라가 물어봤다.

여자라고 하는 것은 즉 연인 관계 같은 것이리라.

"그런 게 있을 리가 없잖아."

"거짓말~! 무조건 있지! 이러는 동안에도 지드와 관계를 맺은 사람이 문을 노크하고 만나러──."

똑똑

실라가 그런 말을 꺼낸 순간, 누군가가 내 방문을 두드렸다.

말도 안 되는 수준의 우연이었다.

방에 있는 모두가 절로 숨을 죽였다.

실라의 이마에 땀이 맺혔다.

"아니, 어, 농담이었는데⋯⋯."

"······잠깐만. 날 찾아오는 손님이 있을 리가 없잖아. 아마 여관 아줌마가 청소하러 왔을 거야."

어째서인지 분위기가 이상해졌지만, 자주 있는 일이다.

바닥을 걸레질하거나 침대 시트를 바꿔주곤 한다.

사람이 없는지 확인하기 위해 노크하는 건 당연한 일일 것이다.

항상 듣는 '방 청소하러 왔어~!'라는 기운찬 목소리가 들리지 않는 건, 아마 목이 아프거나 그런 이유일 거다.

분명 그럴 것이다.

그렇게 생각하면서 문을 열었다.

검은 단발머리의 미소녀── 유이가 있었다.

"······."

"······."

나는 말을 걸지 못했고, 유이도 변함없이 입을 다문 채 가만히 서 있었다.

"파티가 되고 며칠 지나지도 않았는데, 벌써 손을 댄 거야?!"

실라가 거의 비명에 가까운 소리를 냈다.

"들어간다."

유이가 짤막하게 말하고는 그대로 방에 들어와 침대 위에 앉았다.

그 모습을 옆에서 뚫어지게 째려보는 실라와 쿠에나.

난 그런 방의 모습을 보면서 벽이 기대어 있었다.

고요하고 답답한 정적이 흐르는 가운데── 실라가 먼저 입을 열었다.

"정실은 나야."

"잠깐, 너 무슨 얘기 하는 거야?!"

갑자기 얼빠진 소리가 들렸다. 실라도 필 정도의 폭주를 시작한 게 아닐까.

기사라는 건 위험한 놈들 집단인가?

유이가 흥미 없다는 듯이 곁눈질로 실라를 봤다.

"······그래서?"

"짜증 나~! 그 여유가 열 받아! 지드는 내 가슴을 만졌거든?!"

"잠깐! 그건 네가 만지게 한 거잖아!"

어느 틈엔가 기억이 바뀌어 있었다.

유이를 상대로 우위를 점하기 위해서라고는 해도, 내가 가해자가 되는 건 문제가 있다.

"······나도 지드의 몸과 접촉했다."

그런 나의 심경을 부채질하듯이 유이가 말했다.

이젠 틀렸다. 언론 왜곡이 너무 심하다.

"뭐, 뭐어어어? 지드! 나와의 관계는 그냥 장난이었던 거야?!"

"난 잘못 없어······."

이젠 반론할 기력도 남지 않았다.

한 달 동안 연속으로 일했을 때보다 피곤한 기분이 들었다······.

"그래서 넌 뭐 하러 온 거야."

쿠에나가 유이에게 물었다.

적의가 느껴지는 오라를 뿜고 있었다.

"지드랑 던전에서 하던 일을 이어서."

실라가 눈을 크게 떴다.

남자의 방에 와서 이런 말을 하다니, 간결한 말이지만 오해를 부르기에는 충분했다.

아니, 오해고 나발이고 없지만…….. 내게는 오해이며, 나는 피해자다…….

쿠에나가 이어서 물었다.

"이어서 한다는 게 뭐야? 뭐 하러 온 거야?"

"응."

유이가 나를 향해 팔을 크게 벌렸다.

오라고 말하는 듯이.

그 몸짓으로 사태를 파악했는지 쿠에나가 나와 유이 사이에 들어왔다.

실라가 자기보다 빠르게 반응한 쿠에나를 의외라는 듯이 봤다.

"뭐야."

"……그건 내가 할 말이야. 그건 지드가 원하는 거야?"

쿠에나가 유이를 째려보면서 말했다.

오오, 실라였으면 오해해서 난리를 피울 상황인데 역시 쿠에나다. 유이가 일방적으로 유혹하려는 걸 단번에 알아차렸다.

"그건 내가 대답할 말이 아니야."

"……웃. 그렇네. 지드는 어때?"

쿠에나가 나를 봤다.

눈빛이 어딘가 불안해 보였다. 아마 지금까지 유이가 눈앞에서 원하는 걸 낚아채 갔기 때문일 것이다. 유이는 자신보다 먼저 제국의 인정을 받고 S랭크의 자리를 차지한 여자다.

그리고 이번엔 나라는 파티 멤버마저──.

"그야 미소녀가 다가오면 누구든 좋아하겠지. 바라는 게 죄라면, 난 종신형을 받아도 전혀 상관없어."

이것이 나의 솔직한 마음이다.

"──나는 안 돼……?"

쿠에나가 부끄러운 듯이 얼굴을 붉히면서 게슴츠레하게 눈동자를 적셨다.

정욕을 불러일으키는 몸매의 미녀…… 안 될 리가 없다.

하지만 지금은 다르다.

"쿠에나는 백 점 만점을 넘어서 1억 점이야. 하지만 너, 목적을 잃어버리지 않았어? 루이나를 돌아보게 하는 게 네 목적일 건데."

"하지만 난──!"

"오늘은 무리일 것 같다. 다른 날에 다시 오지."

유이가 쿠에나의 말을 가로막으며 침대에서 일어났다.

끝까지 제멋대로였다.

하지만 방을 나서기 전에 쿠에나와 실라를 언뜻 보고,

"너희에게 지드를 속박할 권리는 없다."

그런 말을 남겼다.

분위기가 무거워지는 한마디였다.

그렇게 느껴졌다.

"저 녀석 짜증 나! 먼저 S랭크가 됐다고 까불고 있어⋯⋯! 지드, 쿠에나! 특훈하자! 작전회의의 결과는 특훈!"

실라가 공연히 화를 내면서 그렇게 말했다.

특훈이라니. 간단하네.

게다가 겨우 회의가 시작됐나 싶었더니 바로 결론이 나왔고⋯⋯.

제2화 특훈

나, 쿠에나, 실라는 숲에 있었다.

물론 평범한 숲이 아니었다. S랭크로 지정된── 금기의 숲속. 내가 살던 고향이다.

나날이 강자가 강자를 잡아먹고 사는 지옥 가마.

그야말로 지금 쿠에나와 실라도 강자와 칼을 맞대고 있었다.

그런 모습을 먼 곳에 있는 거목 위에서 마력으로 시각과 청각 레벨을 올려 보고 있었다.

"크윽!"

실라가 힘을 담아 낮은 소리를 냈다.

마력으로 향상한 완력은 실라의 날씬한 겉모습만큼 약하지 않다.

하지만 실라의 검에 두 개의 엄니를 포갠 은백색 펜릴 쪽이 힘으로 밀고 있었다.

빠직.

펜릴이 두른 하얀 빛이 경보를 울렸다. 그 순간── 실라의 좌우에서 번개가 덮쳤다.

힘에서 밀리고 몸도 뒤로 쏠려있는 실라는 백스텝으로 피할 수도 없었다.

그렇다고 해서 방어할 수 있을 리도 없다.

기다리는 것은 죽음.

하지만── 쿠에나가 불을 두른 검으로 펜릴의 전격을 쳐냈다.

"고, 고마──."

"정신 똑바로 차려!"

쿠에나가 감사의 말을 하려던 실라에게 일갈하며 펜릴에게 달려들었다. 하지만── 다른 펜릴이 끼어들었다.

아까 전까지 쿠에나가 상대하고 있던 개체다.

실라를 위기에서 구하기 위해 쿠에나는 자신과 싸우고 있던 펜릴을 방치해버렸다.

──안 되겠네.

바로 판단하여 두 사람을 전이시켰다.

"흐엑?!"

힘을 줄 대상을 잃은 실라가 내 발아래에 있는 거대한 가지에 쓰러졌다.

옆에서는 땀을 흘리면서 검을 상단 자세로 쥐고 있던 쿠에나가 어리둥절한 얼굴이 되었다가 곧 상황을 이해하고 날 원망스러운 눈으로 바라보았다.

"……더 싸울 수 있었어."

"그래! 더 싸울 수 있었어!"

이마에 생긴 새빨간 혹을 만지면서 실라도 불평했다.

"도전정신은 인정하지. 하지만 정말로 할 수 있다고 생각해?"

"……그러네. 덕분에 살았어."

"하, 하지만……."

쿠에나는 경험이 풍부해서 이어지는 싸움을 상상하고 수긍했다. 하지만 실라는 아직 납득하지 못한 눈치였다.

"만약에 그 펜릴 두 마리에게 이겼다고 치자. 하지만 멀쩡하게는 끝나지 않았을 거야. 그 뒤는 어떻게 할 생각이지? 너희는 이 숲에서 '지낼' 거잖아? 그렇다면 한 군데도 다치지 마."

특훈의 내용.

그것은 금기의 숲속에서 사는 것이다.

"……응, 확실히 네 말대로네. 미안."

"사과할 필요는 없어. 이것도 경험이야."

"후우……. 근데 시험으로 왔을 때와는 전혀 다르네."

"쿠에나, 온 적 있어?"

실라가 쿠에나에게 물었다.

"있어. 그 왜, 용사 협회의 의뢰로. 그때는 목적지를 찾기만 하는 거라 위험한 마물을 피하기만 해도 괜찮았지만……. 그리고 지드가 있어서 마물이 중심지에서 떠나갔다고 하고."

쿠에나의 말대로 '지나가는 것'과 '지내는 것'은 다르다. 난이도가 확 오른다.

특히 이 숲은 그런 경향이 현저하다.

지나가는 것은 죽음을 방불케 하고, 싸우면서 지내는 것은 죽음을 의미한다.

숲 전역에 다양한 마물의 영역이 있으며 평소에도 영역 확대를 위한 싸움이 일어난다.

말하자면 종과 종의 앞날을 건 싸움.

여기서 지내면 쿠에나와 실라도 자연스럽게 휘말린다.

이번에 나는 그런 그녀들의 모습을 상당히 멀리서 보고 있었다. 필연적으로 주요 클래스 마물과도 만나게 될 것이다.

"우선 실라는 타격하거나 힘을 넣을 때 육체만 마력으로 강화하려고 하지 않아?"

"그렇긴 한데, 그게 보통 아니야?"

실라가 고개를 갸웃했다.

쿠에나도 신기하게 여기며 조용히 귀를 기울였다.

"1단계는 그걸로 좋아. 일단 물어보겠는데, 육체는 왜 마력으로 강화할 수 있지?"

"아직 확실하게 해명되진 않았지. 그래서 감각이나 센스가 중요하게 여겨지고 있어."

"그래, 그 말대로야. 나도 그렇게 들었어. 하지만 사실은 내가 생각한 답이 있어. 마력에 의해 육체가 어떤 종류의 마법 그 자체가 되는 게 아닐까 하고 생각해."

"몸이 마법으로……?"

실라가 의아한 표정을 지었다.

아무래도 반신반의하는 느낌이다.

"마력도 마법도 실체가 파악되지 않았어. 하지만 자연과 몸속에 마력이 있고, 상상하면 마법이 구현된다는 건 확실하지. 그래서 묻겠는데, 마법을 쓸 때 뭔가를 '상상'해?"

"음~. 대상이 부서지거나 날아가거나 하는 상상……."

실라가 말하면서 퍼뜩 놀랐다.

깨달았을 것이다. 마력이 상상으로 인해 '이 세상의 이치'를 개변하고 있다는 것을.

그리고 바로 자신의 팔을 보고 '끄으으~'라며 끙끙거리기 시작했다.

"뭐 하는 거야?"

"아니, 상상하면 불끈불끈해지지 않을까 싶어서!"

그렇게 말하는 실라의 팔은 변하지 않았다.

보고 있으니 약간 바보 같았다.

"가능은 하지. 이치상으로는 마력을 써서 자신의 육체를 불끈불끈하게 바꾸면 되니까. 이름을 지으면 '근육 마법'이 되려나. 하지만 적성이라는 게 있어. 치료가 특기인 녀석, 불 계통 마법이 특기인 녀석. 신체 강화는 가능해도 근육 마법의 영역까지 도달하려면 적성이 필요해."

"으음. 그럼 안 되는 건가."

"말했잖아, 상상하기 나름이야. 마력을 잘 조작할 수 있게 되면 불끈불끈하게 만들 수 있을지도 몰라."

실라가 불끈불끈해지는 모습은 조금 재미있지만.

이어서 말했다.

"그래서, 만약 마력을 몸 바깥쪽에 펼치면 어떻게 될 것 같아?"

"마법이 아니면 쓸데없는 거 아냐?"

"그건 아무 생각도 안 하고 마력을 냈을 때잖아? 하지만 똑똑히 상상하면 달라질 거야. 마법을 쓰는 느낌으로 '대상을 부수기 위한 완력'을 몸 주위에 둘러봐. 말하자면 마력의 근육을 전신에 두르는 이미지야. 공격 위력이 차원이 달라질 거야."

내가 말하자 우직 하고 뭔가가 파손되는 소리가 들려왔다. 쿠에나가 손가락으로 나무를 가볍게 찔러본 모양이다. 나무가 간단하게 부서졌다.

"말도 안 돼…… 만지는 정도의 힘밖에 안 줬는데."

"치~! 치사해! 나한테 가르쳐준 거란 말이야! 에에잇, 이번엔 내 차례!"

그렇게 말하며 실라가 손날로 나무를 쳤다.

그것은 마치 공간을 절단하는 듯이 실라의 팔이 나무를 슥 갈랐다.

"아, 이런."

실라의 당황한 목소리가 들렸다.

난 한숨을 쉬면서 말했다.

"——전이."

쿠에나와 실라를 데리고 다른 나무로 갔다.

아까 전까지 있었던 나무가 실라의 손날로 인해 깔끔한 단면을 만들며 쓰러지고 있었다.

"미, 미안해. 설마 위력이 이렇게 셀 줄은."

"아니, 오히려 너희의 센스에 놀라는 중이야. 보통은 말로만 들어도 잘 모르는 법인데. 뭐, 실라는 원래부터 어느 정도는 하고 있었지만."

오히려 그래서 알고 있는 줄 알았는데.

"어, 내가? ⋯⋯하지만 전혀 눈치 못 챘고 의식하지도 않았는데."

"무의식적으로 하던 게 아닐까. 아니면 마력이 의도치 않게 몸에서 흘러나왔을 가능성도 있어. 어찌 됐든 이제부터 의식해서 사용할 수 있게 되면 더 강해질 거야."

내 말에 쿠에나와 실라가 히죽거렸다.

앞으로 더 강해질 수 있다는 사실에 기쁨을 느끼고 있을 것이다.

"또 하나. 마법을 만들어낼 때 마력의 흐름은 어떻게 상상하고 있어?"

내 물음에 쿠에나가 먼저 대답했다.

"난 물 흐르듯이 라고 배웠어."

"응, 나도. 그게 대륙에 일반적으로 퍼진 지식일 거야."

"신체 강화는 그걸로 좋아. 하지만 방출하는 타입의 마법은 물을 상상하면 세세한 곳에 불필요한 마력이——."

이래저래 해서 특훈을 계속해 나갔다.

◇

하루가 끝나려고 했다.

키 큰 나무들 틈으로 붉은빛을 띤 석양이 드리우기 시작했다.

거점으로 삼은 야영지로 돌아가는 도중에 실라가 기지개를 켜면서 말했다.

"끄응~. 역시 목욕하고 싶다~."

"참아. 이런 위험한 곳에서 느긋하게 몸을 씻을 틈이 어디 있어."

"에에~."

쿠에나가 냉정하게 반론했다.

확실히 장소가 장소인 만큼 목욕은 상당히 어려울 것이다.

하지만 실라가 매달리듯이 나를 바라봤다.

"저기, 지드~……."

"으음…… 못 할 건 없지만……."

"정말?!"

내 말에 실라가 기쁜 목소리를 냈다.

그만큼 참을 수 없는 걸까.

"그래, 마물이 적은 물가가 하나 있어."

"좋네! 바로 가자!"

"아니, 그래도……."

"뭐야?"

쿠에나가 재촉했다.

이러니저러니 해도 그녀도 몸을 씻고 싶은 건지 흥미를 보이며 물었다.

"마물이 아예 접근하지 않는 건 아냐. 결국, 위험한 건 변함이 없어."

"에엥~."

"자. 포기해. 무엇을 위한 특훈이야."

왠지 아쉬운 듯한 실라.

쿠에나도 말로는 실라를 타이르고 있었지만, 본인도 약간 아쉽다는 기색을 보였다.

아니 뭐, 방법이 있기는 있지.

"그, 안전은 확보할 수단이 하나 있기는 한데…….."

""수단?""

두 사람의 말이 겹쳤다.

그렇다, 수단. 내가 말하기 어려워한 수단이다.

"어어…… 그건 말이지……."

◇

"살 것 같다~!"

실라가 첨벙첨벙 물이 튀는 소리를 내면서 기분 좋게 즐기고 있었다.

"나쁘지 않네."

실라 옆에서 쿠에나의 목소리도 들렸다.

그녀도 기분 좋은 것 같았다.

이렇게 말하는 나는…… 내 역할에 집중하고 있었다.

그것은 눈가리개를 하고 가능한 한 그녀들 곁에 있는 것이다.

가까이에 내가 있으면 마물은 다가오지 않는다.

만일에 대비해서 탐지 마법도 전개하고 있다.

하지만 이건 나에겐 너무 강렬하다.

천 한 장 너머에는 쿠에나와 실라의 실오라기 하나 걸치지 않은 모습이 있는 것이다.

"미안해, 지드. 난 딱히 눈가리개 같은 건 안 해도 되지만……."

실라가 철썩철썩 물을 헤치면서 다가왔다.

목소리로 정말로 미안해하는 것이 전해져 왔다.

"괜찮을 리가 없잖아. 뭐, 미안하기는 하지만……."

"아냐, 상관없어. 휴식도 중요하니까."

"에헤헤. 지드는 착해."

실라가 아주 가까이 다가온 것을 알 수 있었다.

갑자기 내 손을 잡았다.

"자, 지드도 들어가자."

"아니, 안 할래. 눈가리개를 하고 씻는다니, 그런 요령 좋은 짓은……."

"므흐흐~. 그때가 제가 나설 차례지요! 지드는 그냥 옷을 벗기만 하면 돼요."

실라가 흐트러진 말투로 말했다.

실라가 한 말을 상상하니 이래저래 한계였다.

코피가 날 것 같다.

그런 실라를 쿠에나가 말렸다.

"자, 잠깐만. 이상한 타이밍에 지드의 눈가리개가 풀리거나 하는 건 싫어. 그리고 실라가 정말로 지드를 씻기기만 할 것 같지는 않은데."

"어라라~, 누가 씻긴다는 말 했어? 뭐, 여러 곳을 뽀득뽀득할 테지만."

실라가 부끄러워하지도 않고 말했다.

난 대체 무슨 짓을 당하게 되는 거지……?

"구제할 길이 없네……. 아무튼 안 돼. 놀러 온 게 아니니까. 그럼 내가 지드를 씻길게."

"뭐라고?! 설마 쿠에나도 나랑 똑같은 속셈인 거야?!"

"아, 아니야! 망을 봐주고 있는데 우리만 목욕하는 건 미안하니까 적어도 씻는 것만이라도……!"

그건 쿠에나의 진심일 것이다.

상냥한 그녀의 생각이 드러나 있다.

하지만 번뇌에 빠진 실라의 의심은 끊이지 않는 것 같았다.

실라가 쿠에나에게 다가갔다.

"에에잇! 더는 말할 필요 없다!"

실라가 쿠에나에게 달려들었다.

"자, 잠깐만……! 응……."

눈으로는 볼 수 없지만, 두 사람의 모습은 왠지 모르게 알 수 있었다.

실라가 고혹적으로 손을 움직여 의표를 찔린 쿠에나의 가슴을 마구 주물렀다.

"놀라운 탄력. 놀랍도록 매끈매끈하고 야한 피부! 아아아, 훌륭해~!"

"그, 그만⋯⋯."

이건 위험하다.

의식을 차단해라.

오늘 날씨는 어땠지.

"음호홋. 여기가 좋으냐? 자네도 피부가 민감하구먼!"

"아, 아웃. 그런 게⋯⋯!"

어제는 비가 왔던 것 같다.

"잘 조처하거라~."

"⋯⋯━━웃!"

그저께는 맑았지.

그렇다. 맑다. 오늘 날씨도 맑았다.

응, 맑다.

"어라?"

하마터면 이성이 날아갈 뻔했는데, 갑자기 실라의 손이 멈췄다.

"⋯⋯하아하아. 왜, 왜 그래."

지금까지 격렬하게 얽혀서 노느라 흐트러진 호흡을 가다듬으면서 갑자기 해방된 쿠에나가 물었다.

그에 비해 실라는 귀에 손을 대고 있었다.

"무슨 목소리 안 들려?"

"목소리……? 아니, 딱히."

"으응~? 지드는?"

"어어, 오늘 날씨는 맑았어."

"지드?"

나의 알 수 없는 대답에 실라가 이름을 다시 불렀다.

위험하다. 의식도 날아갈 뻔했다.

"아아, 목소리였나. 목소리 말이지."

탐지 마법으로 목소리를 낼 만한 녀석을 찾았다.

하지만 마물은 주위에 없다. ──이건.

아니, 이 녀석은 말하지 않을 것이다. 게다가 이 녀석의 목소리는 들리지 않았다.

귀를 기울여도 아무 소리도 들리지 않았다.

나도 모르겠군.

"나도 안 들려. 잘못 들은 거 아냐?"

"음~? 확실히 들었는데."

납득이 안 된다는 눈치로 실라가 고개를 갸웃거렸다. 그녀는 확신이 있는 모양이다.

하지만 쿠에나도 나도 못 들었으니 어쩔 수가 없다.

그래도 실라는 금방 마음을 다잡고 쿠에나를 봤다.

"뭐, 상관없나. 그보다 그 극락의 감촉을 한 번 더~!"

실라가 그렇게 말하며 쿠에나의 가슴을 다시 만지러 갔다.

내일 날씨는 어떨까.

◇

"음, 맛있어~!"

실라가 만족스럽게 뼈가 붙은 고기를 입 안 가득 먹고 있었다.

우리는 통구이 한 꽹을 앞에 두고 식사하고 있었다. 주변은 온통 캄캄했고 모닥불과 머리 위에 뜬 별들의 빛밖에 없었다.

내 몫의 고기를 뜯었다.

말랑한 지방의 풍미가 입안을 채웠다. 다소 느끼하긴 하지만 씹는 맛이 있는 고기와 잘 맞았다.

"확실히 맛있네."

"그치~! 이 숲에 있는 향신료랑 휴대 조미료로 간을 해서 잡내를 날리고! 부드러움도——."

그렇게 실라가 고기의 뼈를 손끝으로 가볍게 흔들며 말했다.

"정말 맛있어. 특히 오늘은 평소보다 한층 더 맛있네."

"흐흥~. 이걸로 지드의 위장을 사로잡았어!"

"아니, 그런 짓을 하면 엄청 아파서 정신 못 차릴 거야."

"그런 뜻이 아니야……! 앞으로 내 요리를 먹고 싶어서 못 참게 된다는 뜻이야!"

"호~. 뭐, 확실히 그 정도로 맛있네."

덥석 물면서 말했다.

휴대 조미료와 숲속에서 채취했다는 풀잎 같은 걸로 이만한 맛을 낼 수 있다면 정말 실력이 좋은 것일 것이다.

"으흐흐~."

내 칭찬에 실라의 몸이 기쁜 듯이 좌우로 흔들렸다. 그러다 문득 숲의 한 곳을 봤다.

캄캄해서 3m 앞도 잘 보이지 않는 깊은 숲속인데, 실라는 확실히 뭔가를 찾은 듯했다.

"저거. 역시 목소리 안 나?"

실라가 불쑥 말했다.

그 말을 듣고 나와 쿠에나는 귀를 기울였다.

마물이 멀리서 날뛰고 있는지 마물의 단말마가 들려왔다.

하지만 이 숲에서 그 정도는 일상다반사다. 문제 삼을만한 일은 아니다.

"또? 무슨 소리가 들리는 거야?"

"사람 목소리 같은 게…… '깨워달라'고."

실라가 천천히 뼈를 놓고 일어섰다.

그리고 가만히 보고 있던 방향으로 걷기 시작했다.

나와 쿠에나는 서로 얼굴을 마주 보고 실라의 뒤를 따랐다.

목소리는 들리지 않지만, 금기의 숲속은 위험지대다. 어쨌든 실라를 혼자 둘 수는 없다.

한동안 걷던 실라가 걸음을 멈췄다.

"어라, 이번엔 이쪽에서 들리네……?"

실라가 양 눈썹을 모으고 턱에 검지를 대면서 의아해했다.

그런 실라의 모습을 보고 뒤통수를 긁으며 말했다.

"쉬려는 참에 해제하는 것도 귀찮아서 말 안 했지만, 여기는 환상을 보여주는 새의 둥지야."

"어, 둥지? 하지만 그런 건 아무것도…….."

실라가 주위를 둘러봤다.

"말했지? '환상'을 보여줘. 이렇게 풀면── 모습을 드러내지."

아무것도 없는 공간에 손을 대서 새의 마법을 지웠다. 그러자 진짜 숲의 모습이 드러났다.

몇 마리의 새가 우리 가까이에 있는 나무에 앉아있었고, 그 안쪽에는 무수한 새── 특히 새끼──가 뭉쳐서 잠들어 있었다.

하지만 우리가 나타나고 마법이 사라져 위기감을 품었는지, 새 떼는 황급히 푸드덕거리며 밤하늘로 사라져 갔다.

"저게 환상을 만들어내는 새야. 알아차리지 못했을 뿐이지, 우리는 아까부터 저 녀석들에게 속아 몇 번이나 같은 장소를 걸었어. 뭐, 해롭지는 않고 녀석들의 둥지를 찾아내려고 하지 않는 한은 악의를 가지고 사람을 현혹하는 녀석들도 아니라 방치하고 있었지만, 피해를 주고 말았네."

하지만 새가 환상을 보여줬음에도 불구하고 실라는 일정 방향으로 쭉 가려고 했다. 장애물 환상을 보여줘서 같은 곳을 걷게 되었지만, 실라에게는 분명하게 '목소리'인가 뭔가 하는 소리가 들리는 듯했다. 목소리의 정체는 나도 궁금하다.

"우와~. 그랬구나…… 아, 그래도 아까보다 목소리가 가까워! 이쪽이야 이쪽!"

"잠깐만, 진짜 들리는 거야? 위험한 마물일지도 모르는데?"

"그 새가 둥지를 틀고 있었으니까 이 근처에는 위험도가 높은 마물은 안 살고 있을 거야. 그렇다고 해서 나도 이 근처에 온 적은 없지만."

사실 저 새는 딱 한 번 구워서 먹은 적이 있다.

하지만 그 이후로는 절대로 잡아먹히고 싶지 않다는 집념 때문인지 항상 내 주변에서 환상을 보여줘서 성가시게 짝이 없었다.

딱 한 번 마법을 날렸더니 다가오지 않게 되어서 괜찮았지만, 더는 엮이고 싶지 않아서 녀석들의 둥지인 이 주변에는 접근하지 않았다.

"……아, 저기서 들려!"

그렇게 말하고 실라가 가리킨 곳은 한 줄기 달빛이 비치는 환상적인 장소였다.

차가운 감촉이 코를 어루만졌다.

거무튀튀한 마력을 파도처럼 내뿜는── 검은 검이 솟아오른 땅 깊이 박혀 있었다.

"저건…… 어떻게 봐도 사검(邪劍)이잖아. 왜 저런 물건이 이런 곳에……."

"나도 저런 검이 있는 건 몰랐는데."

"쟤가 뽑으라고 말하고 있어! 저기, 뽑아도 돼?!"

실라가 얼굴을 반짝이면서 말했다.

"당연히 안 되지. 어떻게 봐도 꺼림칙하잖아……. 아니, 야! 멋대로 가지 마!"

우리에게 물어보려고 하는 것 같았지만, 실라의 마음속에서는 이미 뽑는 것이 확정된 모양이었다.

쿠에나가 나를 봤다.

나도 설득을 해달라는 뜻일 것이다. 하지만,

"보아하니, 실라는 딱히 마법에 걸린 게 아니야. 저건 궁합 문제겠지. 어쨌든, 어떤 형태든 간에 실라 손에 넘어갈 운명이었던 거야."

"아니, 전 기사가 사검이랑 궁합이 잘 맞는다니…… 어떻게 된 거야."

"뭐, 혹시 모르니까 대비를 해둘까."

그렇게 말하면서 마법진을 전개했다.

주먹 크기의 작은 마법진을 열 개 정도 실라와 사검을 둘러싸 듯이 배치했다.

무슨 일이 있으면 마법으로 움직임을 막을 것이다.

"뽑는다~!"

"에에잇, 이제 마음대로 해!"

쿠에나도 자포자기해서 허락했다.

그걸 신호로 실라가 검을 뽑았다.

슥 하고 깊이 박혀 있던 검이 아주 간단히 뽑혔다.

"웃, 이, 이건……!"

실라가 뽑은 사검을 놓으려 하지도 않고 심각한 표정을 지었다.

사검의 마력이 실라에게 들러붙었다.

이건.

"이봐, 실라, 괜찮냐."

역시나 몸을 빼앗겼다.

"끄으으…… 이래 봬도 난 원래 고결한 기사! 쉽게 몸을 빼앗기지는 '우후후♡ 지드 씨이' ……큭. 의식이…… '저랑 좋은 거 해 · 요♡' ……큰일이다. 내가 내가 아니게 돼……!"

실라가 고통스러워하는 목소리와 음탕한 발언을 번갈아 가며 반복했다.

그런데 이거…….

"음~. 어디 바뀐 곳이 있나?"

"'어?!'"

실라와 사검의 목소리가 겹쳐 나왔다.

옆에서 쿠에나가 얌전히 고개를 끄덕였다.

"확실히. 원래 실라랑 똑같잖아."

'거짓말이지?! 너 얼마나 꺼림칙한 거야!'

"사검한테 그런 말 듣고 싶지 않아!"

실라가 한 입으로 두 인격의 말을 하며 대화하고 있다.

굉장히 기묘한 광경이다.

'내가 졌어……. 설마 사검보다 뒤틀린 인간이 있을 줄이야…….'

"잠깐만, 내가 비뚤어진 것처럼 말하지 마!"

'아니, 그렇잖아.'

"뭐, 확실히 요즘 넌 뒤틀려 있어. 그게 너겠지만."

"그게 뭐야~! 난 '전직'이긴 해도 청렴결백한 기사인데~!"

"너희들, 내일도 특훈을 할 거야. 쓸데없이 체력 쓰지 마…….."

다만 사검의 마력을 두른 실라는 불길한 힘을 자아내고 있었다.

◇

한밤중.

한 시간 반씩 교대로 선잠을 잔다. 지금은 실라가 일어나 있을 차례다.

참고로 난 누워있을 뿐 잠들지 않았다.

애초에 이런 위험지대에서는 눈도 감고 싶지 않다. 의식을 어렴풋하게 만들어 몸의 피로를 풀고 있었다.

문득 목소리가 들렸다.

"말리지 마, 사검……! 난 지드가 자고 있을 때 덮칠 거야."

'자, 잠깐만, 그건 아무래도…….'

"기정사실을 만들어서 행복한 가정을 꾸리는 거야. 아이는 백 명이 좋아……!"

'백 명?! 그게 가능해?!'

"불가능 따위는 없어! 가능하게 만드는 거야!"

'멋있지만! 멋있긴 하지만!'

뭐지, 이 뒤숭숭한 대화는.

사검과 완전히 마음을 터놓은 것 같다.

"그럼 간다……!"

'기, 기다려, 안 돼. 결혼 전인 남녀가 그런 저속한 짓을……!'

"말리지 마, 사검. 이건 운명이야! 나와 네가 만난 것처럼 이것도 운명이야!"

'우으…… 그런 말을 들으면 말리기 어려워……!'

실라가 혼자 대화하면서 얼굴을 가까이 댔다.

실라의 따뜻한 숨이 얼굴에 닿았다.

뭘까. 전체적으로 좋은 냄새가 난다.

어, 이건 일어나면 안 되는 거지.

바로 앞에 실라가 있다는 것만은 알고 있다.

자신의 심장 소리가 들린다. 아니, 이건 실라 것인가?

그것도 모르겠다.

일찍이 느껴본 적 없을 정도의 흥분이……!

'역시 안 돼! 적어도 결혼한 다음에 해! 그렇지 않으면 내가 못 버텨…… 윽!'

"뭘 겁내는 거야, 사검! 지금이 기회야!"

'왜 사검인 내가 덮치는 걸 말리고 있는 거야! 원래라면 반대이

어야 하는데! 아무튼 안 돼! 더는 내가 못 버텨……!'

"치이."

사검이 타일러서 실라가 진정한 듯하다.

'한심한 사검이라 미안해. 사실은 좀 더 사악해야 하는데…….'

"됐어, 괜찮아. 네 덕분에 더 강해질 수 있을 것 같아. 나에게 너는 행운이니까!"

'실라……!'

"그리고 이제부터 익숙해지기만 하면 돼…… 크헤헤."

'실라…….'

한 건 마무리가 됐다는 느낌으로 실라와 씌어있는 사검이 나 홀로 연극을 끝냈다.

사이가 좋아 보이는데 좋은 일이다.

그렇게 생각했지만.

"라고 할 줄 알았냐~! 난 다른 사람이 타이른다고 포기하는 인간이 아니라고~!"

'잠깐만~?!'

깔끔하게 끝나지 않았다.

이제 덮치는 줄 알았지만──.

갑자기 퍽 하는 소리가 났다.

실라가 털썩 쓰러졌다.

"어이어이, 너무 험하잖아."

"……눈치채고 있었어?"

"당연하잖아── 유이."

나는 한참 전부터 우리를 감시하고 있던 소녀, 유이를 봤다.

실라는 기절해서 쓰러져 있었다. 목덜미를 쳐서 잠재운 모양이다.

"이어서, 하자."

"안 해!"

그 말의 의도를 이해하자마자 딴지를 걸었다.

아무래도 포기를 모르는 것 같다.

"왜? 아까는 일어나 있었는데 저항하지 않았어. 나로는…… 부족해?"

유이가 풍만한 가슴팍에 손을 대고 물었다.

매력이 없냐고 묻는 것이다.

"……아니. 제국에 들어갈 생각이 없을 뿐이야."

"왜?"

"내가 전에 소속되어 있던 조직과 비슷한 냄새가 나."

"크제라 왕국의 옛 기사단?"

내 정보는 사전에 다 파악했을 것이다.

간단히 말해버렸다.

실라에게 들키지 않는 움직임도 그렇고, 은밀 기술에 정통하다. 언젠가 리프가 말했던 내용이 사실인 것 같다.

"그래. 일하느라 제대로 못 잤을 뿐만 아니라 급료도 최저한으로 줬지. 거기랑 똑같은 냄새가 나. 오히려 어둠이 더 깊은 것 같은데……."

"응, 부정은 안 해. 하지만 딱 하나 잘못된 점이 있어."

"잘못된 점?"

유이가 나에게 다가왔다.

그리고 검지로 내 입술을 어루만졌다.

"보수는 터무니없을 정도로 뛸 거야. 금전을 바라면 바랄수록. 토지를 바라면 바랄수록. 권력이나 지위를 바라면 바랄수록. 전부 힘에 따라 마음대로. 여자의 몸도 그래."

신나는 이야기다.

실제로 웨이라 제국은 강대국이다. 힘이 있으면 출세하고 바라는 것이 주어진다. 그것이 억지를 관철하여 도리를 물리친다.

이렇게 리프에게 '영웅격'이라 직접 칭찬을 받은 미소녀가 다가오는 것도 웨이라 제국의 사상을 설명해준다. 해석에 오해가 생길만한 부분은 둘째치더라도.

하지만.

"그렇다고 해서 높은 사람에게 공적을 빼앗기지 않는다는 증거가 되지는 않아."

"흠."

"내가 길드에서 마음에 들어 하는 건 특히 '랭크제'와 '포인트제'야. 의뢰 수리는 개인에게 위임되어 있고 보수에 합당한 의뢰를 고르는 것도 자유지."

길드는 어디까지나 중개 조직에 지나지 않는다.

결국 나 같이 조직 불신 기미가 있는 사람에게는 길드가 가장 안심된다.

"그래서 미안하지만 널 받아주는 일은 없을 거야."

"……알았어. 하지만 루이나 님은 널 놓치지 않을 거야."

드디어 포기한 것 같은데, 유이가 불온한 말을 남겼다.

……끈질기네.

솔직히 이런 일이 계속된다면 나도 버틸 수 있을 것 같지 않다. 이성적인 면에서.

어떤 대처법을 생각해두지 않으면 안 된다.

유이가 그림자에 녹아드는 모습을 보면서 그런 생각을 했다.

◇

그로부터 한 달이 지났다. 우리는 모닥불을 둘러싸고 점심 휴식을 취하고 있었다.

나는 실라와 쿠에나에게 부탁을 받았다.

그것은 내가 특훈을 시켜주는 것이었다.

단, 도중에 지명의뢰나 긴급의뢰가 오면 그쪽을 우선하기로 정해뒀었다.

그래서 모험가 카드가 울린 순간에는 중단이라는 두 글자가 머리에 떠올랐다.

하지만 내 카드에는 알림이 오지 않았다.

쿠에나와 실라에게만 알림이 간 것 같았다.

"무슨 의뢰였어?"

새 장작을 지피면서 물었다.

그녀들은 요 한 달 만에 충분하고도 남을 만큼 강해졌다. 그야 말로 더는 특훈 같은 게 필요 없을 정도로.

처음에는 한계에 다다라 피곤함이 넘치는 표정이었지만, 지금은 금기의 숲속 한복판에서도 여유로운 웃음을 띠고 있었다.

뭐, 내가 옆에 있으면 마물이 다가오지 않으니 나랑 있을 때는 안심하는 구석도 있겠지만.

내가 떨어져 있으면 마물은 가차 없이 둘을 덮친다. 그래도 쿠에나와 실라는 이제는 이곳 마물 대부분을 상대할 수 있는 실력을 지니고 있었다.

마력을 몸 바깥에 두르는 기술도 터득했다.

그러니 수지가 맞는 의뢰가 왔다면 특훈은 끝내도 괜찮다.

하지만 실라는 카드를 주머니에 도로 넣었다.

"B랭크 이상이 대상인 긴급의뢰야. 전쟁이래. 스틸비츠 왕국과 웨이라 제국이 싸우는 모양이야. 스틸비츠 왕국이 원군 파견 요청을 했어."

"흐음. 그보다 너 어느 틈에 B랭크가 된 거야?"

"흐흥. 하면 되는 아이니까!"

실라가 눈을 반짝이면서 편 가슴이 흔들렸다.

뭐, 리프도 실력을 보면 더 위에 있어도 괜찮다고 말했을 정도다.

승급 속도는 이 정도가 타당할 것이다.

"어라, 그보다 B랭크 이상이면 나한테도 의뢰가 와야 할 텐데."

내 의문에는 쿠에나가 대답했다.

그녀는 카드를 주머니에 집어넣지 않았다.

"아마 웨이라 제국이 상대이기 때문일 거야. 카리스마 파티에 유이가 들어가 있잖아?"

"으음…… 길드 측의 배려인가."

"그야 뭐. 파티 멤버끼리 부딪치는 건 피하고 싶겠지."

"어? 유이는 웨이라 제국을 떠난 게 아니었어?"

"겸임이겠지. 번거로우니까 두 조직에 들어가는 사람은 적지만."

쿠에나가 여전히 정보통다운 모습을 보여줬다.

문득 신경 쓰였다.

"쿠에나는 받을 거야? 이 의뢰."

실라와는 달리 쿠에나는 주머니에 카드를 넣지 않고 의뢰를 보고 있었다.

적어도 흥미는 있는 것 같았다.

"……뭐 그렇지. 웨이라 제국이 적이니까."

언니가 자신을 돌아보게 할 기회다.

하지만 실라는 달갑지 않게 생각하는지 씁쓸하게 쿠에나를 봤다.

"이거, 확실하게 지는 싸움이지? 소국인 스틸비츠와 열강인 웨이라 제국이면……."

"질 것 같으면 바로 철수할 거야. 참전만 해도 돈을 받을 수 있다고 하니까, 할 수 있는 데까지 해볼 거야."

"치이."

쿠에나가 여유롭게 웃으며 말했다.

그래도 실라는 불만인 듯했다. 거기에 못을 박듯이 쿠에나가 기운 넘치는 포즈로 윙크했다.

"게다가 요 한 달 동안 S랭크 지정 숲에서 지드에게 단련을 받았다고? 쉽게는 안 져."

실제로 그녀들은 강해졌다.

내가 없어도 금기의 숲속에서 싸우면서 일주일은 지낼 수 있을 정도로. 물론 그건 이 숲의 마물과 싸우는 법에 익숙해졌기 때문이기도 하다.

"그럼 나도 갈래! 나도 가면 불평 안 할게!"

실라가 힘차게 얼굴 앞으로 양 주먹을 쥐면서 말했다.

이렇게 되면 말릴 수 없다는 건 나도 알고 있다.

"실라가 있으면 믿음직해."

"흐헤헤, 꽤나 솔직하네."

칭찬받은 게 기뻤는지 실라가 활짝 웃었다.

"뭐, 이상한 사람이지만 힘은 확실하니까."

"이상한 사람이라 부르는 건 실례잖아!"

"사실이잖아~."

"치~!"

두 사람이 사이좋게 말다툼했다.

뭐, 이 녀석들이라면 괜찮겠지.

원래부터 전장을 전전하던 강자다. 그런 강자가 더 강해졌으니 그녀들을 당해낼 자는 좀처럼 없을 것이다.

내가 만나온 자 중에서는, 말이지만.

"그러면 여기서 해산이네. 특훈도 끝내도 괜찮겠지."

"에엥~, 지드는 괜찮아? 이제 내가 만드는 밥을 못 먹어도?"

"……그건 좀 아쉽지만, 노점 아저씨의 꼬치가 그립기도 해."

"뭐?! 내 요리는 노점 퀄리티야?!"

"아니, 그런 게 아니야. 노점은 나에게 있어서 고급품이나 다름 없으니까. 가격 같은 걸 말하는 게 아니라 맛이 좋은 거야."

비교하는 대상이 노점의 물건이라 실라가 충격을 받은 모양 이다.

하지만 내게 너무 기름진 고기는 씹는 맛이 없고 배탈이 난다.

노점이 딱 좋다.

"뭔가 납득이 안 돼! 돌아오면 쿠에나의 집에 와! 그러면 내가 진짜 요리를 먹게 해줄 테니까!"

"그래, 기대할게."

손가락으로 척 가리키는 실라.

그런 이야기를 하면서 우리는 금기의 숲속에서 바깥으로 나 왔다.

제3화 의뢰 수행

스틸비츠 왕국.

소국이지만 경제와 군사가 안정되어 있으며 자원이 풍부하고 학문이 번성한 곳이다.

이 나라를 다스리는 왕족은 우수한 자가 많다.

학문의 중심지인 엘프 이즈타 학교에서 차석을 차지한 공주나 젊은 나이에 모험가 길드에서 몇 안 되는 A랭크에 다다른 왕자 등, 수재를 많이 배출하고 있다.

그런 나라를 인접해 있는 웨이라 제국이 노리는 것은 필연이었을지도 모른다.

선전포고는 국경의 작은 분쟁이다.

하지만 그건 웨이라 제국의 상투적인 수단. 그걸 크게 키워서 흡수합병 내지는 주도권 찬탈까지 하는 것이 상투 수단이다.

이 위기를 넘기기 위해 스틸비츠 왕국은 국고를 털어 방어 면에 중점을 뒀다.

각 동맹국, 그리고 웨이라 제국에 적대적인 나라의 증원, 거기에 더해 모험가 길드와 용병단에 많은 돈을 투자해 원군 파견을 요청했다.

쿠에나와 실라는 의뢰를 받아 스틸비츠 왕국에 와있었다.

돈이 목적인지는 둘째치고.

"오, 괜찮은 언니가 있잖아~! 역시 전선은 창부지!"

"하핫! 스틸비츠 왕국도 통이 크구만! 이런 최고급 미인을 부르다니! 아직 낮이지만 빨리 놀아보자고!"

쿠에나와 실라에게 경박하기 짝이 없는 말이 날아들었다.

그건 우락부락한 용병단이었다.

열 명을 넘는 싸움에 익숙한 집단이 두 사람을 에워쌌다. 하지만 두 사람은 겁먹지 않고, 오히려 태연자약하게 행동하고 있었다.

쿠에나와 실라가 가지고 있는 무기는 눈에도 안 들어오는 모양이다.

한 걸음만 더 용병들이 다가왔으면 목이 날아갔을 것이다.

"오, 지드 형님의 여자 친구분 아닌가요! 와주셨군요!"

그런 목소리가 들렸다.

거기에는 쿠에나에게 익숙한 얼굴이 있었다. 금발 벽안의 정통파 미남.

스틸비츠 왕국의 제1 왕자, 위그 스틸비츠였다.

하지만 가장 먼저 반응한 것은 실라였다.

"와~! 저기, 쿠에나. 어떡하지! 단번에 지드의 여자 친구라는 걸 들켜버렸어!"

"어? 아니, 난 쿠에나 누님에게……."

위그가 정정하려고 해도 실라는 이미 '역시 소문이 퍼진 걸까!', '어울린다는 말도 듣고!' 하며 자신의 세상에 빠져있었다.

그 광경을 보고 용병들이 덜덜 떨었다.

"지, 지드라면 그 S랭크인⋯⋯?"

"멍청아! 미인이라고 번번이 아무나 말 걸지 말라고 했잖아!"

"잘 보라고! 가끔 보는 A랭크 쿠에나 씨잖아! 난 이제 모른다~!"

아까 전까지의 위세는 사라지고 한 명 또 한 명 물러났다.

마지막에는 아무도 남지 않았다.

"과, 과연. 역시 지드 형님은 오시지 않았군요."

위그가 실라와 용변들을 보고 '무슨 상황이지⋯⋯?'라고 생각하며 말했다.

그에 쿠에나가 '어라, 이 녀석 성격 바뀌었네?'라고 생각하며 대답했다.

"당연하지. 명색이 S랭크인데, 의뢰를 쉽게 척척 받을 리가 없잖아. 그리고 유이랑은 같은 파티고. ⋯⋯그리고 여자 친구 아니야."

"네? 말도 안 돼~! 소문이 엄청 돌고 있어요. 지드 형님이 여러 여자를 거느리고 있다고. 필 씨와 유이 씨도 여관에 쳐들어갔고, 소리아 씨는 여러 사람 앞에서 지드 형님을 엄청나게 절찬하고 있으니까 소문이 돌고 있고."

쿠에나와 실라는 말할 것도 없다는 느낌으로 다른 사람들을 소개했다.

실라가 움찔 하고 반응했다.

"'······정실은.'"

"네?"

등줄기를 서늘하게 하는 차가운 마력에 위그가 볼을 부르르 떨었다.

아까까지 자신의 세계에 들어가 있던 실라가 어두운 얼굴을 하고 있었다.

"'정실은 나야!'"

"히에엑! 예, 예!"

실라의 뭐라 형언할 수 없는 박력에 A랭크인 위그가 전율했다.

격의 차이가 여실히 드러났다.

"좀 참아. 여기서 쓸데없이 해방하지 말라고."

"그치마안!"

"하, 하하. 지드 형님은 인기가 많네요. 저도 오랜만에 만나고 싶었지만 아쉽습니다."

내심 함께 싸워주면 정신적으로도 전력에도 도움이 된다고 생각했지만.

그런 위그의 마음속을 헤아린 쿠에나가 한 번 더 말했다.

"걔를 부르고 싶으면 지명의뢰를 해야. 그리고 이런저런 속박을 풀어줄 것."

"뭐, 그래야겠죠······."

당연히 길드 측에 웨이라 제국과의 사이를 중재하기 위한 금전, 즉 뇌물도 공제되니 비싸진다.

위그도 그걸 알고 있어서 한숨만 쉴 수밖에 없었다.

◇

한편 그 무렵.

크제라 왕국의 왕도.

"형씨, 진짜 S랭크였구만! 뉴스를 거의 안 보는 나도 요즘 기사에서 자주 본다고!"

지드 옆에서 꼬치 가게 주인 남자가 웃으면서 말했다.

지드는 지금 고기가 든 마대를 짊어지고 있었다.

"오히려 지금까지 안 믿고 있었던 건가?"

"당연하잖냐? 이런 잡일 같은 의뢰라도 받아주는데 S랭크라고 상상이나 하겠어! F랭크 모험가조차 마물 토벌만 하고 있는데!"

느하핫! 하고 웃으며 남자가 지드의 등을 때렸다.

S랭크라는 걸 알아도 뻔뻔한 태도를 보일 수 있는 건 전적으로 이 남자에게 담력이 있기 때문일 것이다.

"의뢰수리서 같은 걸 받지 않아? 거기에 의뢰를 수리한 녀석의 이름과 랭크가 똑똑히 적혀 있을 텐데."

"그딴 건 안 본다고! 그건가? 약 설명서 같은 것도 읽는 타입인가? 자네!"

"애초에 약 같은 걸 먹은 적이 없어서."

217

"하하하! 역시 S랭크구만! 만약 먹을 일이 있으면 꼭 읽어두라고!"

"아니, 본인은 안 읽는다고 해놓고……."

지드가 마대를 노점 근처에 뒀다.

이번 의뢰는 고기 운반이라는 단순한 의뢰라서 랭크도 F로 가장 낮다.

"……이봐, 긴히 부탁이 있는데."

갑자기 남자가 진지한 표정을 지었다.

아까 전과의 갭에 지드는 살짝 마음을 다잡았다.

"뭐야?"

"지드 형씨는 시간 있나?"

"한가하냐고? 뭐, 차고 넘치는 저랭크 의뢰를 처리할 정도의 여유는 있지. 최근 지명의뢰도 긴급의뢰도 없으니까. 어디 원정을 나갈 계획도 없고."

"그럼 내 개인적인 부탁을 들어주지 않겠나?"

"무슨 부탁?"

묘한 말투에 위화감을 느끼면서 지드는 뒷말을 재촉했다.

남자는 지드가 옮긴 생고기의 진액으로 얼룩이 진 마대를 열면서 어딘가 자학적인 웃음을 지었다.

"난 이런 식으로 식재를 들여와서 고기를 굽는 것 말고는 재주가 없는 남자다."

"그렇지 않아. 고기 맛있어."

"하하, 고마워. 그래도 말이야, 내 아들은 더 대단하다고."

"오, 아들이 있었나."

"있어. 아내도 있지. 건너편 꽃집이다."

지드는 깜짝 놀라 뒤돌아봤다.

지금은 가게를 닫았지만, 건너편 꽃집은 아름다운 여성이 매일 멋진 미소를 띠고 화단 손질을 하고 있다. 그 사람이 고기 장수의 아내라는 것이다.

"그 아름다운 누님이? ……당신 혹시 이상한 저주 마법에 걸린 건 아니겠지?"

"바보야, 당연히 제정신이지! 이야기를 들으라고!"

"알았어, 알았어. 그래서 어쨌다는 거야."

"내 아들은 젊어서부터 국외로 불려가서 연구 같은 걸 하고 있지. 학자다 이 말이야."

"호오~. 꽃집 누님을 닮은 건가."

"이 자식, 후려 패버린다? S랭크여도 목숨 걸고 후려 팬다!"

"미안하다니깐. 그래서?"

딱히 악의 없이 지드가 물었다.

남자가 이상한 분위기로 계속 말했다.

"근데 그 아들이 있는 게…… 스틸비츠 왕국이란 말이지."

"뭐? 마침 전쟁이 한창이잖아."

지드는 거기까지 듣고 남자가 무얼 말하려는지 알아차렸다.

"내 아들은 엄청나지만 바보야. 전쟁 때문에 피난 권고를 받아도 방에서 안 나오고 연구하고 있을지도 몰라. 연락이 안 돼."

"하필 그런 부분을 물려받은 건가……."

"바보 취급 하지 마! 내가 S랭크라고 존경하지 않아서 일부러 이러는 거냐?!"

"반대야, 반대. 오히려 친근해서 이러는 거라고."

지드는 '음음' 하고 고개를 끄덕이며 말했다.

물론 나이 차이는 두 배는 난다. 아버지와 아들뻘이다.

하지만 지드와 사이좋은 사람은 거의 없다. 특히 남자는 손가락으로 셀 필요조차 없다.

그러자 고기 장수는 기쁜 건지 아닌 건지 복잡한 얼굴로 '진짜냐……' 하고 중얼거리면서 이야기를 되돌렸다.

"그래서 말이다, 스틸비츠 왕국에서 그 바보를 데려와 주지 않겠나? 돈은 어떻게든 마련하지. 평생이 걸려도 좋아! 그러니……!"

"음~. 그건 어려울지도. 길드 측의 사정 때문에 내가 웨이라 제국과 싸우면 귀찮아져."

"뭣……. 그럼 어떡하면 좋지? 달리 부탁할만한 사람은 없나? 아내도 이번 일로 우울해해서……."

"그래서 가게를 닫은 건가."

의뢰를 받지 못한다는 걸 알고 있으면서도 지드의 마음은 좋지 않았다.

이 남자의 꼬치구이에는 신세를 지고 있다. 조금은 협력해주고 싶다는 마음이 지드의 마음속에 싹트고 있었다.

"……아."

지드가 문득 떠올렸다.

"뭐, 뭐냐? 무슨 방법이라도 있나?!"

"그래. '내'가 안 간 걸로 하면 돼."

"……? 자, 잘은 모르겠지만 부탁할 수 있겠나?!"

"나한테 맡겨둬. 그 아들의 얼굴 사진과 스틸비츠 왕국의 어디에 사는지 정보를 모아줘. 난 잠깐 여관으로 돌아갈게."

갑자기 생각난 방법이긴 하지만 지드도 남자를 그냥 내버려 둘 수 없었다.

그 말을 들은 노점의 남자도 한 줄기 희망에 매달리는 심정이었다.

"아, 그리고 의뢰라는 걸로 안 해두면 혼나니까, 길드에 의뢰를 해줘. 보수는 매일 꼬치구이 10개를 무료로 받는 걸로 하지!"

"그, 그런 걸로 괜찮나?!"

◇

웨이라 제국, 제국군 천막의 일각.

거기에는 제1군부터 제5군의 장교급 인사가 긴 책상에 둘러앉아 있었다.

"나 참, 겨우 저런 소국을 상대하는데 나까지 불려 와야 하나."

손으로 뒤통수를 받치고 아무렇게나 앉아있는 외눈에 백발의

221

미남이 투덜거리듯이 중얼거렸다.

"루이나 님이 안 계신다고 까불지 마라, 폰브."

그런 미남을 째려보면서 꾸짖는 사람은 흑발에 푸른 눈을 가진 우락부락한 중년—— 이라츠 아이바흐.

폰브는 제1군의 군장(軍長).

그리고 이라츠는 제2군의 군장.

둘 다 제국의 군부의 정상이었다.

"아니, 루이나 님이 있었어도 똑같은 말을 했을걸. 아저씨네만으로도 충분했을 텐데."

"스틸비츠는 소국이지만 안정된 국가다. 이번 싸움에 상당한 돈을 썼다는 정보도 있다. 방심하지 마라."

"예이 예~이. 나 참, 어딘가의 잔챙이가 바보짓을 한 덕분에 우리까지 루이나 님의 신뢰가 팍 떨어졌어. 그렇지~, 음. 쓰레기였나? 이름이."

폰브가 뒤를 봤다.

그의 뒤에는 제1군의 부군장—— 바시나 에이락크가 서 있었다.

한때 S랭크 모험가였고, 제0군의 군장이었던 남자다.

바시나는 폰브를 쏘아 죽일 듯이 봤다.

"……깔보는 것도 적당히 해라."

"안 깔봤거든~. 전 S랭크인지 용살자인지 모르겠지만, 심하게 과대평가 받았어. 원래라면 내 뒤를 닦는 역할이 딱 좋은데 왜 부군장 따위를 시키는 건지."

폰브가 불만을 늘어놓았다.

자리의 분위기를 나쁘게 하는 것도 신경 쓰지 않았다.

이대로라면 살인이 일어나도 이상하지 않았다. 그런 가운데 회의실의 문이 열렸다. 들어온 사람을 보고 모두가 자리에서 일어섰다.

"다들 모였군. 수고가 많다."

웨이라 제국의 여제, 루이나였다.

가볍게 손을 들어 착석을 권유하면서 자신도 유일한 공석에 앉았다.

그때, 루이나 뒤에 따르는 여성을 보고 폰브가 불만스럽게 말했다.

"네년도 있는 거냐, 유이."

제0군의 새로운 군장 유이.

유이는 폰브의 말에 반응조차 보이지 않았다.

그로 인해 폰브의 분노가 더 커졌다.

"루이나 님, 왜 제가 제0군의 군장이 아니죠? 갑자기 유이를 발탁하는 건 이상하지 않나요?"

"성급하게 위가 교체되면 아래는 혼란에 빠지겠지. 그리고 실력 면에서도 관리능력 면에서도 문제없다고 판단했다."

"그렇게 판단한 인사 처리 결과, 제 뒤에 있는 녀석이 강등되었습니다만?"

폰브가 약간의 조소를 섞으면서 바시나를 봤다. ──회의실이

얼어붙었다.

군장, 부군장들이 폰브에게 적의를 드러내고 있었다.

"적당히 해라. 루이나 님에게 말버릇이 그게 뭐냐."

이라츠가 뱃속 깊숙한 곳에서 나오는, 경계심을 일깨우는 박력 있는 낮은 목소리로 폰브에게 말했다. 그것은 최후통첩이었다.

만약 그 통첩을 어기면 목숨을 뺏고 빼앗기는 싸움이 시작된다.

"괜찮다, 난 신경 안 쓴다. 불만이 나오는 건 당연한 일이다. 그래서 이렇게 대대적인 전쟁도 일으켜서 공을 세울 기회를 만들어 줬지. 스틸비츠가 용병단과 길드에서 사람을 모으고 있다는 소식은 제군들도 들었을 것이다."

각 군장급은 독자적인 정보원을 가지고 있다.

기초적인 정보는 다들 파악하고 있었으므로 하나같이 루이나의 말에 수긍했다.

"그 외에도 여러 나라의 연합군을 편성한다는 이야기가 나왔다. 제국 산하의 나라가 반기를 든다는 소문도 있지. 세력을 확대하는 우리 제국을 그냥 보고 넘길 수 없다는 거다. 특히 최근에는 크제라 왕국의 기사단이 붕괴하고 신성 공화국에서 비운이 거듭되는 탓에 제국이 더 두드러졌지."

루이나의 이야기에 모두 이미 알고 있었다는 듯한 반응을 보였다.

그들의 모습을 만족스럽게 바라보면서 루이나가 이어서 이야기했다.

"각지에 주둔하고 있는 군에도 알렸지만, 그대들에게도 다시 말하지. ——가까운 시일 내에 우리는 인류를 통일한다."

루이나의 눈이 번쩍 빛났다.

그녀가 특별히 강력한 무용이 있는 건 아니다. 하지만 무용이 있는 자라도 압도할 정도의 카리스마와 패기가 있었다.

회의실에 있는 모두 소름이 돋았고 몸을 떨었다.

아까 전까지 입을 삐죽이 내밀고 있던 폰브마저 그윽한 미소를 짓고 있었다.

실제로 웨이라 제국은 그 일을 이룰 수 있는 군사력을 갖추고 있다. 각 방면과 대등하거나 그 이상으로 싸울 힘이 있다.

스틸비츠는 발판 중 하나에 불과하다——.

문득 폰브가 물었다.

"그러고 보니, 이 쓰레기를 한 방에 날려버렸다는 지드? 지라? 아무튼, 그 남자는 어떻게 됐죠? 유이가 그자를 빼돌리기 위해 움직였다고 하지 않았나요?"

"보고는 받았지만 안 될 것 같더군. 나로서도 가장 추천할만한 인재인데, 제국에 올 생각은 없는 듯하다."

"흠~. 그럼 이번 전쟁에 올 수도 있겠군요?"

폰브가 의문을 제기했다.

그는 한 개인으로서도 파격적인 실력을 지녔다. 본능적인 감각도 날카롭다. 자만은 하지만 방심하는 일은 없다.

"아니, 그럴 일은 없을 것이다. 그 암여우는 그와 유이와 부딪치는 걸 좋게 보지 않을 테니까.”

루이나가 떠올린 사람은 길드 마스터 리프였다.

“하. 그건 그렇네요~. 박살 내고 싶었는데, 아쉽군요.”

폰브가 머리를 벅벅 긁으면서 말했다.

◇

도시의 벽 내부에서는 위그가 목소리를 높여 기사와 병사들의 사기를 높이고 있었다.

그러는 한편 벽 위에는 병사 외에 두 명의 여자가 있었다.

“왔네.”

쿠에나가 먼 곳을 보면서 말했다.

옆에 있는 실라가 눈을 가늘게 뜨면서 고개를 끄덕였다.

“굉장한 숫자네~. 요새가 몇 개나 있었는데 전혀 소모되지 않은 것처럼 보일 정도야.”

풀포는 스틸비츠 왕국의 중추로, 양 끝이 산에 둘러싸여 있어서 교통로는 약간 넓은 외길밖에 없다. 이 이점을 살려 길목에 함정과 요새가 버티고 있지만, 모조리 유린당한 모양이다.

웨이라 제국의 군대는 사기가 높은 그대로 풀포를 향해 오고 있었다.

최전선에 선 사람은── 유이.

깃발은 웨이라 제국의 빨간색을 기조로 한 왕관 국기와 제0군을 나타내는 검은색 베이스에 하얀 '0' 문자가 자수로 수가 놓인 군기가 있었다.

"초장부터 거물이 납셨네!"

"뒤에는 제1군의 푸른 깃발과 제2군의 황색 깃발도 있어. 싸우기 전부터 말하기 뭐하지만, 너무 불리한데."

쿠에나가 검을 뽑았다. 활활 타오르는 붉은색 칼날이 드러났다.

마찬가지로 실라도 흑색 검을 뽑았다. 형태적인 변화는 없지만 몸서리치게 만드는 차가운 마력이 주위를 감돌았다.

"'우리가 이기는 싸움으로 만들자.'"

"……후후. 그래."

전선은 교착되었다. 길목이 좁은 탓에 웨이라 제국은 숫자로 밀어붙일 수가 없다. 산악지대에는 수많은 함정과 복병이 숨어있어서 제국군은 계속 농락당했다.

그나마 평지인 외길은 외벽에서 쏘아대는 마법과 화살로 인해 시체의 산이 쌓여서 나아가려 해도 쉽지 않았다.

하지만 웨이라 제국도 이 정도는 예상하였다.

방해되는 시체는 ——아직 숨이 붙어있어도—— 바람이나 물 마법으로 전방으로 날려 적의 마법과 화살을 막는 방패 대신 삼았다.

"'──너희 나라, 수단이 너무 지독하지 않아?'"

그런 전황에 완전히 질린 얼굴로 실라가 눈앞의 적에게 말했다. 말투는 가벼웠지만, 실라는 조금도 방심하지 않았다.

"……."

"'대답 정도는 해줬으면 하는데.'"

그 순간 유이가 딱 멈췄다.

오? 하고 실라가 반응한 순간, 땅에서 검은 그림자가 꿈틀댔다. 그림자는 나이프나 창으로 형태를 바꾸어 땅에서 튀어나와 실라를 향해 날아들었다.

사방을 그림자 무기에 에워싸인 실라는 검으로 응전했지만, 수가 많았다.

유이는 이 틈을 놓치지 않고 바싹 다가왔다. 손에 든 작은 칼이 실라의 목덜미로 달려 숨통을 끊기── 직전에 불타는 검이 막았다.

"'왜, 왠지 나, 매번 쿠에나한테 도움받는 것 같은 기분이 드는데!'"

"알고 있으면 좀 더 단련해!"

"'치~! 하고 있는걸!'"

실라가 납득이 안 된다는 듯이 볼을 부풀렸다.

실제로 실력은 붙었다.

유이를 투입한 건 웨이라 제국의 계책 중 하나로, 강자의 힘으로 전선을 밀어붙일 생각이었다. 심플하긴 하지만 교착된 전선을 밀어내기에는 효과적이었다.

그런 유이를 단둘이서 억제하고 있었다. 그것이 두 사람의 실력을 증명하고 있다.

"······너희들."

"'오?'"

유이가 불쑥 말했다.

"지드랑 같이 여관에 있던 사람들?"

"맞아. 우리를 기억하고 있었네."

"응. 그때는 약하다고 생각했지만 강해졌어. 지드가 단련시켜 줘서?"

"'어떻게 그걸?!'"

실라가 깜짝 놀랐다.

그녀의 마음속에서는 비밀 특훈이었기 때문이다.

하지만 유이는 실제로 금기의 숲속에 있었고 그녀들을 봤다. 아는 게 당연했지만, 마력이라는 보이지 않는 힘을 다룬 특훈의 자세한 내용까지는 파악할 수 없었다.

"지금의 너희는 성가셔. 지드에게 미움받아서 임무에 지장이 생길지도 모르지만—— 사라져."

유이가 그렇게 말하면서 뒤로 물러나자 그녀의 그림자가 폭발적으로 증식했다. 이윽고 무수히 늘어난 그림자 유이가 하나로 뭉치기 시작했다.

그림자는 차차 덩치를 불리며 대지를 빈틈없이 까맣게 물들였다.

"'뭐, 뭐야?!'"

사람 형태의 거대한 그림자가 이윽고 땅에서—— 일어났다.

드래곤의 거구보다도 거대한 그림자가 태양을 가렸다. 덩치가 구름까지 닿을 것만 같았다.

"알테이 에고."

이건 그냥 덩치만 큰 게 아니었다. 심상치 않은 위압감과 마력이 거인을 감싸고 있었다.

하늘에서 지상을 내려다보는 거대한 그림자를 보고 모두가 아연실색했다.

"루이나 님은 영웅이 되라고 하셨다. 그러니 이 정도로 요란한 게 좋겠지."

무표정을 띤 유이의 입꼬리가 희미하게 올라갔다.

멀리 있는 천막에서 이 광경을 본 총대장 루이나는 식은땀을 흘리면서도 대담하게 입꼬리를 올렸다.

"일을 과하게 저지르는 경향은 여전하군."

영웅이라 불리는 존재는 반드시 사람의 마음에 남는 법.

이 자리에 있는 모두가 이 마법에서 느낀 공포를 기억할 것이다.

지금부터가 중요하다. 만약 여기서 지면 그저 허울일 뿐.

하지만 승리하면 아군으로부터는 칭찬을 받고 이형의 마법은 신처럼 숭배를 받을 것이다.

"——짓눌러라."

알테이 에고가 한쪽 무릎을 꿇고 손을 펼쳤다. 마치 땅에 있는 벌레를 가벼운 마음으로 죽이려는 아이 같은 움직임이었다.

휘오오오!

바람을 가르며 거인의 손바닥이 하늘에서 내려왔다. 이를 본 사람들이 모두 혼비백산하여 도망쳤지만, 실라와 쿠에나는 조금도 아랑곳하지 않았다.

"누가 할래?"

"그럼, 내가! ──루이프.'"

실라가 그림자 거인의 손을 향해 검을 휘둘렀다. 그러자 검은 구체가 여럿 나타나더니 점점 커지며 목표를 향해 빠르게 날아갔다.

이윽고 검은 구체가 거인을 꿰뚫었다. 하지만 거인은 고통이 없는지 반응이 거의 없었고, 실라가 뚫은 구멍도 순식간에 복구되었다.

"'아앗~! 어째서!'"

제법 자신이 있었던 실라는 의외의 결과에 소리쳤다.

──이윽고 거인의 손이 지면과 충돌했다.

묵직한 땅울림과 함께 흙먼지가 피어올랐다.

흙먼지를 휘감은 돌풍이 외길을 벗어나 루이나가 있는 곳까지 닿았다.

하지만── 쿠에나와 실라는 거인의 손바닥을 받아냈다.

"염신무도!"

쿠에나의 목소리와 함께 거인의 손바닥 아래서 불꽃이 치솟아 거인의 손을 잘라냈다.

불꽃을 두른 쿠에나를 중심으로 큰 화력이 일대를 뒤덮었다.

"왠지 나 계속 쿠에나만 돋보이게 해주는 거 같은데…….'"

"내가 의도한 게 아니잖아. 애초에 전쟁에 돋보이고 말고——아니. 이런 말을 할 때가 아니잖아!"

거인이 어느새 손을 재생하여 양손을 하늘로 치켜들고 있었다.

"아직 적응이 안 돼. 하지만 이번에는 더 빠르게 간다."

유이가 냉담하게 말했다.

유이의 선고에 전장에 있던 병사들이 피아 없이 도망치기 시작했다.

쿠에나와 실라만이 그녀에게 맞섰다.

"이번엔 똑바로 해. 난 쟤를 맡을게."

"'네~. 이번엔 도와줄 필요 없어!'"

"정말 괜찮을까……."

쿠에나는 살짝 불안했지만, 실라의 말을 믿고 유이를 향해 시선을 돌렸다. 유이는 여전히 여유로워 보였다.

"그 여유가 발목을 잡을 거야."

쿠에나는 양손으로 검을 들고 불꽃을 휘감아 강하게 내리쳤다.

유이는 다른 그림자를 불러내 벽을 만들어 불꽃을 막았다.

그러나 불꽃은 거기서 멈추지 않았다. 마치 꽃이 피어나듯, 유이를 둘러싸고 사방에서 불꽃이 피어올랐다.

그림자가 유이를 지키려는 듯 재빨리 사방을 둘러싸 불꽃을 막아냈다.

그러자 날카로운 소리와 함께 붉은 칼날이 그림자의 벽을 관통하여 박혔다.

"찜으로 만들까 했는데, 역시 통구이로 해야겠어."

직후, 쿠에나의 검이 격렬하게 불꽃을 토해내기 시작했다.

벽 속이 단번에 불꽃에 휩싸였다.

쿠에나가 벽에서 검을 뽑아내고 불꽃이 멎자 그림자 벽이 사라졌다.

그러나 유이의 시체는 어디에도 없었다.

"이런, 어디로……?!"

"끝이야."

"읏!"

쿠에나의 목덜미에 단도가 닿았다.

유이는 어느 틈엔가 등 뒤에 나타나 있었다.

죽음.

쿠에나의 뇌리에 죽음의 이미지가 스쳐 지나갔다.

대체 어떻게 거기서 빠져나온 건지 알 수가 없었다.

"'위험해!'"

유이의 칼날이 닿기 직전, 간발의 차로 실라가 그녀의 단도를 튕겨냈다.

실라가 상대하던 거인은 구멍이 벌집처럼 뚫려있었다. 실라가 의기양양한 얼굴을 쿠에나에게 향했다. 그녀의 표정이 마치 '어 떠냐, 내가 도와줬다고'라고 말하는 것 같았다.

하지만 쿠에나는 실라가 유이의 단검을 쳐내자마자 다시 유이 를 공격했다. 그야말로 임기응변의 판단이었다.

하지만 쿠에나의 검은 허공을 가르고 말았다. 놀랍게도 어디에 도 유이의 모습이 없었다.

기척도 흔적도, 주위를 아무리 둘러봐도 없었다.

그 순간, 거인의 아래에서 불쑥 유이가 나타났다.

"그런 수법이구나."

쿠에나는 단번에 상황을 파악했다. 벽 안쪽에서 어떻게 갑자기 사라졌는지, 어떻게 갑자기 등 뒤에서 나타났는지.

유이는 그림자 사이를 자유자재로 이동할 수 있다.

희귀한 마법이지만 쿠에나도 소문을 들은 기억이 있었다.

"실라. 조금만 시간을 벌어줘."

"'알았어!'"

실라가 순흑색 검을 고쳐 잡고 유이와 대치하듯 쿠에나의 앞으 로 나섰다.

실라는 쿠에나와 함께한 시간만큼 그녀의 생각을 이해할 수 있 게 되었다.

쿠에나는 두 사람을 바라보며 검을 들었다. 그녀의 검 끝에서 작고 둥근 불꽃이 나타났다. 불꽃은 차츰 두 배, 세 배, 네 배…… 덩치를 키워갔다.

유이는 곧장 쿠에나를 방해하려고 했지만, 실라가 이를 가로막았다.

"'잠깐 상대해줄게.'"

"……!"

유이의 눈빛이 변했다.

구멍이 뚫린 알테이 에고가 안개처럼 흩어짐과 동시에 유이가 실라를 향해 달려들었다. 그녀가 박찬 땅에 뒤늦게 바람이 흩날렸다.

어느새 두 사람은 서로의 검이 닿는 거리가 되어있었다.

"죽어라."

"'말도 안 돼!'"

유이의 손이 갑자기 여러 개로 늘어났다. 실라는 잔상인 줄 알았지만, 그게 아니었다.

그림자가 '분열'한 것이다. 전부 진짜 팔이나 마찬가지였다.

실라는 급소를 노리는 공격을 추려내서 막아냈다. 실라도 공격을 모조리 막아낼 수는 없었다.

(특훈이 없었으면 죽었을 거야!)

지드와의 특훈을 통해 유이의 재빠른 공격과 냉철한 판단에 대응할 수 있었다. 마력 운용 기술을 터득하며 모든 능력이 이전과 비교해 비약적으로 상승했다.

실라는 이 순간, 그걸 실감했다.

검을 휘두르는 게 즐겁다. 상대와 검을 맞대는 게 즐겁다.

유이는 꾸준히 그림자를 움직여 뒤에서 공격하거나 쿠에나를 노리려고 했지만, 실라가 들고 있는 칠흑의 검이 유이의 공격을 계속 방해했다.

이 검은 부서지지 않는다. 오히려 마력을 주고 있다.

(고마워, 사검 씨.)

(그거 나쁜 버릇이야. 전투 중에는 딴생각하지 마!)

실라는 머릿속으로 사검과 대화하는 방법을 터득했다.

덧붙여서 말하자면 사검은 전투 경험이 풍부했다.

덕분에 실라는 지드의 특훈과는 따로 사검의 전투 훈련도 받을 수 있었다.

그러나 이만큼 단련해도 유이와의 결투는 쉽지 않았다.

실라는 상처가 늘어날수록 움직이기 어려워졌다. 한편 유이는 여전히 힘든 기색조차 없었다.

아직 실력 차이가 컸다.

(크으……! 사검 씨, 이렇게 되면──!)

(아니, 괜찮아. 뒤를 봐.)

(……!)

실라는 유이의 공격을 받아넘기며 힐끔 뒤를 봤다.

──쿠에나의 칼끝에서 유이의 알테이 에고만큼 거대한 불꽃이 타오르고 있었다.

전투에 너무 집중해서 알아차리지 못했지만, 실라의 등은 타는 듯한 열을 견디고 있었다.

주변 일대에 아지랑이가 피어오르고 있었다.

"──잘 버텼어, 실라."

"'너무 늦잖아. 뒤는 부탁할게, 파트너.'"

아직 조작이 미숙해서 준비에 시간이 너무 오래 걸렸지만, 실라 덕분에 해낼 수 있었다.

"어디 받아 봐! ──엔데이버!"

거대한 불덩이가 웨이라 제국군을 향해 날아들었다.

원래 유이는 이런 고착상황에 빠질 것 같으면 냉정하게 철수 판단을 내린다.

하지만 그녀에게 주어진 임무는 '영웅'이 되는 것.

여기서 물러설 수는 없었다.

"……아아아아! 알테이 에고!"

유이는 다시 거인을 불러내어 엔데이버를 막아내는데 마력을 모두 불어넣었다.

이윽고 두 사람의 마력을 모두 잡아먹은 거인과 거대한 불덩이가 충돌했고, 거친 폭발과 함께 소멸했다.

"하아…… 하아……!"

"후우…… 하아…….'"

쿠에나와 유이의 호흡이 흐트러졌다.

두 사람 모두 피폐한 상황이었고, 실라도 만신창이나 마찬가지였다.

"'으으……!'"

"이래도 버티다니, 괴물이잖아."

아직 세 사람은 서 있었다. 이렇게까지 싸운 이상 이제는 서로의 실력을 인정할 수밖에 없었다.

쿠에나와 실라는 구름 위에 있는 줄 알았던 유이를 상대로 여기까지 끌고 왔다는 사실이 내심 기뻤다.

하지만 그에 반해 유이는——.

"강해. 하지만 질 수 없어. 난 질 수——……!"

"이제 충분하다, 유이."

"?!"

유이의 뒤에서 목소리가 들렸다.

루이나였다. 여제가 친히 전장에 섰다. 주위에는 제1군 폰브도 있었다.

"저, 전 아직 싸울 수 있습니다……!"

"널 책하는 게 아니다. 네 실력은 잘 알고 있다. 이번에는 스틸비츠에 이기기만 해도 실적이 되니, 이만한 존재감을 보여줬으면 충분해."

"……!"

루이나의 말을 듣고 유이는 물러났다.

하지만 유이로서는 불만이었다. 그녀는 아직 더 싸울 자신이 있었다. 그야말로 도시의 외벽마저 부수고 제압할 때까지——.

이는 유이가 이끄는 제0군만으로도 가능한 일이었다.

"——그렇게 부루퉁한 얼굴 하지 마라. 이번에는 예상치 못한

변수가 있었을 뿐이다. 다음을 기대하마."

"……네."

'부루퉁한 얼굴'이라고 해도 유이의 얼굴에 큰 변화는 없었다.
오히려 무표정이었다.

하지만 루이나는 그런 미묘함마저 알아차릴 수 있었다. 이런
기술도 대국을 다스리는 여제 루이나의 힘 중 하나였다.

그리고 루이나가 쿠에나와 실라를 봤다.

"강하군."

간결한 한마디에 쿠에나가 몸을 흠칫 떨었다. 조금도 생각하지
않았던 반응이었다.

그야말로 태어난 이후로 언니에게 처음 듣는 말이었다.

쿠에나가 원하던 바로 그 말이었다.

하지만 그걸 이런 곳에서 갑자기 듣게 될 줄은 몰랐다.

칭찬을 받아도 태연하게 있자고, 지금까지 무시당한 걸 갚아주
자고 생각했지만, 막상 그 순간이 찾아오자 쿠에나는 아무런 대
답도 할 수 없었다.

"성장했어…… 응, 정말 성장했구나. 그때는 전혀 가망이 없다
는 말을 들었다고 하던데, 역시 쿠에나는 강해. 믿고 있었어."

"……!"

단순한 칭찬이 아니었다.

쿠에나가 품은 열등감을 찔러서 흔드는 듯한 칭찬이었다.

고작 몇 초 만에 쿠에나의 마음이 녹았다.

돌아보게 하겠다고 생각한 시간만큼 진하게.

"──돌아와, 웨이라 제국으로. 자매가 함께 제국을 강하게 만들자."

(──아아, 이제 안 되겠어.)

쿠에나의 볼에 눈물이 흘렀다.

참고 있던 눈물이 터졌다. 지금까지의 노력이 보답받았다.

마음속 깊은 곳에서 기쁨이 솟아났다.

하지만 그 안 어딘가.

기쁨과는 다른 감정이 있었다.

그게 무엇인지──.

"옆에 너, 그대도 웨이라 제국으로 오거라. 좋은 조건으로 맞이하마."

"'사양할게. 얘는 어떨지 몰라도 난 지드 옆에 있을 거니까.'"

"지드⋯⋯?"

뜻밖의 이름에 루이나가 한쪽 눈썹을 찌푸렸다.

쿠에나도 지드의 이름을 듣고 그 감정이 자극을 받았다.

"아아⋯⋯."

쿠에나가 미소 지었다.

감정의 정체를 알았다.

"나도 아직 인정을 받고 싶은 사람이 있어. 지드라는 녀석인데, 그 녀석한테 동정이 아닌 실력으로 인정받고 싶어. 그러니 그 권유는 거절할게."

"어이, 너희가 거절할 수 있는 처지라고 생각하는 거냐?"

루이나 옆에 있던 폰브가 손가락으로 우드득우드득 소리를 내며 히죽거렸다.

분명한 전투태세였다.

"'쿠에나……!'"

"그래. 슬슬 철수를──!"

이 이상의 전투를 피하고자 생각한 두 사람은 도주를 선택했다.

하지만 폰브가 바싹 다가왔다.

"──도망치게 둘 줄 알았냐!"

폰브가 발차기를 날렸다.

그냥 단순한 발차기인데 검으로 받아낸 실라의 팔에서 불쾌한 소리가 났다.

실라는 결국 공격을 받아내지 못하고 튕겨 날아갔다. 그 순간 갑자기 실라 뒤에 벽이 솟아나 그녀의 몸을 막았다.

폰브의 짓이었다. 그만한 여력이 있는 자는 이 자리에 그밖에 없었다.

"실라!"

"하하! 저항해봐라. 제0군의 군장을 이렇게 너덜너덜하게 만든 실력을 나한테도 보여달라고!"

"큭……!"

쿠에나가 각오를 굳히고 검의 불꽃을 격렬하게 불태웠다.

하지만 이번 목적은 철수다.

어떻게든 실라만이라도 달아날 시간을 벌기 위해.

"도망칠 생각이 가득하네. 이런 녀석한테 지지 말라고, 0군장 나리."

폰브는 필사적인 쿠에나의 모습을 즐기면서 유이를 무시하는 발언을 했다.

이 자리에 루이나가 있으니 폰브도 태도를 확실하게 드러냈다. 잔소리가 심한 제2군의 군장도 없다.

"카리스마 파티라든가, 전 S랭크라든가…… 쓸데없는 칭호를 너무 과대평가한 거 아닙니까? 나처럼 밑바닥에서 기어 올라온 병사는 눈길도 안 주는 겁니까?"

"제1군의 군장 자리는 불만인가? 파격적인 대우라고 생각한 다만."

루이나가 손을 뒤로 돌렸다.

"불만이 있는 건 대우가 아니라고! 내 위에 있는 녀석이다! 봐라! 선봉을 맡았는데 이름도 없는 암컷 두 마리한테 당했잖아! 이 녀석은 정말로 나보다 위인 제0군의 군장에 걸맞나? 아앙?!"

폰브의 말투가 거칠어졌다. 지금까지 쌓아둔 불평불만을 폭발시키듯이.

"거기 있는 둘은 강하다. 비록 무승부였지만 이견은 없다."

"그게 문제라고! 그렇다면 나는 어떠냐?! 이 두 녀석을 해치울 만한 힘이 있다! 유이도 순식간에 죽일 수 있어! 그런데 왜 내가 제0군의 대장이 아니냔 말이야!"

"그렇다면 다음에 유이와 싸울 기회를 주지."

루이나에게 군장 교대는 그다지 좋을 게 없는 일이다.

지휘 체계의 혼란과 정보 인수인계 등, 귀찮은 일이 생기기 때문이다.

하지만 웨이라 제국은 실력과 성과와 실적을 중시한다. 힘의 차이가 있으면 이의 없이 교대에 응한다.

즉 폰브가 제0군에 올라가지 못한 것은 실력을 증명하지 못했기 때문인데——.

"유이와 싸울 기회를 줘? ……흐, 흐하하! 아니지, 아니라고, 루이나."

"무슨 말을 하고 싶은 거지?"

"나와 유이의 실력조차 간파해내지 못하는 너도—— 내 '윗사람'에 걸맞지 않다는 뜻이다."

폰브의 일그러진 웃음이 떠올랐다.

"그래서? 웨이라 제국에서 떠나겠다?"

"하하! 그 결론은 이해가 안 되네. 간단하다고, 네놈을 해치우고 내가 제왕이 되는 거다."

폰브가 눈동자를 번쩍였다. 하극상을 획책한 자의 눈이었다.

하지만 루이나는 지극히 태연했다.

"어이가 없군. 날 죽여도 결국 다른 군장에게 처형당할 뿐이다."

"하, 실은 그렇지 않단 말이지."

"뭐?"

"얼마 전에 이런 편리한 물건을 찾았거든."

폰브가 주머니에서 뭔가를 꺼냈다.

하지만 그것은 루이나가 봐도 실체를 파악할 수 없었다. 그 정도로 얇았다. 폰브가 어떻게 들고 있는지를 보고 겨우 원형의 무언가라는 것만 추측했다.

"……설마."

"그래, 노예의 목걸이다. 크제라 왕국이 한창 날뛸 때 만든 특별한 녀석이지."

폰브가 손가락으로 목걸이를 돌렸다.

아이가 새 장난감을 얻었다며 자랑스럽게 뽐내듯이.

하지만 루이나가 부정했다.

"말도 안 되지. 그 아이템을 찾기 위해 얼마나 많은 인재와 돈을 썼다고 생각하나. 크제라 왕국의 신 상층부와 의뢰를 받은 길드 놈들이 전력으로 없애고 다녔을 텐데?"

"큭큭큭…… 그렇지. 아마 이 세상에는 아마 이거 하나밖에 안 남아있을 거다. 제작도나 제작 관계자는 돼지우리에 처박혀 있거나 이미 이 세상엔 없어. 그러니 난 운이 좋아. 정말 단순한 행운이야."

하지만, 이라며 폰브가 이어서 말했다.

"그 행운으로 충분해. 여신이 말하고 있다고. 내가 이 세상을 지배하라고! 그러니 첫 단계로 널 이용할 거야. 이 목걸이로 말이지."

"자신감이 넘치는 녀석이라 생각하고 있었는데, 이렇게까지 오만할 줄이야. 만약 내가 노예가 된들 군에 그걸 알아차리지 못하는 얼간이가 있을까?"

루이나의 통찰은 타당하다.

실제로 루이나에게는 못 미친다고 하더라도 다소의 위화감도 놓치지 않는 강자뿐인 세상이다.

"그건 중요한 게 아니지. 지금 중요한 건 네가 궁지에 몰렸다는 거다. 뒷짐을 지고 계속 군장을 부르며 시간을 벌고 있지 않나."

거기까지 예상하고.

폰브의 미소가 깊어졌다.

"근데 안타깝게 됐군. 다른 군장은 내 부하가 막는 중이야. 덧붙여서 나와 함께할 자들도 이미 매수해뒀지. 제3군 군장과 제5군 부군장은 이미 내 부하야. 아아~ 이 혼란을 틈타 다른 녀석들도 넘어왔을지 모르겠군."

"난처하군, 인정하마. 머리가 제법 잘 돌아가는군."

"하하핫! 항복은 없어. 얌전히 목걸이를 받아들이라고."

폰브가 루이나를 향해 다가가자 유이가 가로막아 섰다.

"루이나 님, 도망치십시오. 지금의 저로서는 시간 끌기가 한계."

"건방진 소리를!"

"크흡……!"

유이의 복부에 폰브의 발차기가 박혔다.

토사물을 흩뿌릴 뻔했지만 참았다.

실라처럼 날아가지 않은 건 단련한 육체와 마력 조작의 산물이었다. 오기로라도 루이나가 도망칠 시간을 벌려고 했다.

"폰브, 유이에게 손대지 않는 편이 좋을 거다."

"하, 이건 또 무슨 소리야."

"유이는 모험가 길드에 S랭크 모험가로 등록되어 있다. 그녀를 건들면 길드가 적으로 돌아설 수도 있다."

"그래서 뭐? 길드는 죽고 사는 게 당연한 세계다."

"유이가 한층 더 특별하다는 거다. 유이는 성녀와 검성, 지드와 같은 파티다. 길드는 이들을 모아서……."

"말이 많군. 그깟 길드가 어쨌다는 거냐. 오합지졸 따위는 몇이 모이든 상관없어. 파티 따위, 이름뿐인 쓰레기 집단이라고. 이런 쓸모없는 쓰레기들이——."

——폰브는 갑자기 입을 다물었다. 어느샌가 자기 옆에 누군가가 서 있었다.

기척조차 없이, 소리조차 없이.

전혀 알아차리지 못했다.

하얀 가면을 쓴 흑발의 남자. 가면에는 금이 간 부분을 접착제로 조잡하게 붙인 흔적이 있었다.

그는 어깨에 안경을 쓴 청년을 둘러메고 있었다.

청년은 책을 읽으면서 무언가를 혼자 중얼거리고 있었다.

"즉 마법 윤리학에서 세뇌란, 마력의 성질을 바꾸어 마법과는 다른 원리가 되는 마법소보다 더 미세한 물질이 입자 상태가 되어 척수————."

청년은 이런 상황을 개의치 않는지 입을 멈추지 않았다.

하지만 정말 문제인 건 가면을 쓴 남자였다.

이 상황에 명백하게 의도적으로 끼어들었다.

"누, 누구냐."

"카리스마 파티가 쓸모없는 쓰레기들이라고 한 게 너인가?"

"……뭐? 무슨 소리를."

"아, 나는 잘 몰라. 하지만 나보다 강하다는 이야기는 들었지. 그럼 내가 널 쓰러뜨리면 카리스마 파티가 너보다 강하다는 거겠지?"

뭔가 몹시 부자연스러운 말투였지만, 폰브는 이 남자가 자신을 무시했다는 걸 깨달았다.

특히 '널 쓰러뜨리면'이라는 말이 폰브의 신경을 몹시 거슬리게 했다.

폰브가 이마에 핏대를 세웠다.

"……! 까짓거 좋지—— 아븝!"

특별한 기술도 마법도 아니었다.

그저 가면의 남자가 한 대 때렸을 뿐이었다.

그런데 폰브가 땅에 처박혀 크레이터를 만들었다.

"컥……?! 무…… 슨?"

"어이어이, 벌써 다운이냐?"

가면을 쓴 남자가 쭈그리고 앉으면서 쓰러진 폰브를 내려다 봤다.

"너, 너…… 넌…… 누구냐……."

"지나가던 가면이다. 이상한 이야기가 들려서 왔더니만, 고작이 정도라니. 차라리 저 유이가 훨씬 더 강하겠네. 카리스마 파티의 멤버를 너무 얕보는 거 아닌가?"

"카, 카리스마……? 난 그런 말을 한 적이……."

"아…… 그냥 파티라고만 말했던가. 아냐, 멤버의 이름을 듣고 알았겠지. 카리스마 파티의 이름은 널리 알려져 있으니까."

"……그런 억지를……."

"그리고, 그러니까 유이랑 호각으로 싸운 저 둘도 강해. 네가 까불어도 될 상대가 아냐."

"……으…………."

폰브는 더 이상 아무 말도 하지 않았다.

아니, 말할 수가 없었다.

폰브의 희미하던 의식이 결국 끊어졌다.

"……아니, 지드. 여기서 뭐 하는 거야?"

상황 변화가 너무 빨라서 여전히 검을 쥐고 바라보던 쿠에나가 물었다.

쿠에나는 가면을 쓴 남자의 정체를 이미 알아차리고 있었다.

하지만 지드는 뻔한 연기를 이어갔다.

"앗! 아니, 무슨 말이지?! 난 지드가 아니다! 가면이다! 이 자리에 지드가 있으면 이상하잖나. 그는 사정 때문에 전쟁에 끼어들수가──."

"그런 내부 사정까지 아는 사람은 거의 없잖아……. 그리고 나는 그렇게까지 마력을 두를 수 있는 사람을 달리 모르는데."

한 달 동안의 특훈으로 쿠에나의 눈도 단련되었다.

지드만큼은 아니지만, 마력의 기척을 감지할 수 있다.

그래서 지드가 몇 겹이나 마력을 가지런히 포개는 것도 알아볼 수 있었다.

그런 재주를 부릴 수 있는 건 쿠에나가 아는 한 지드밖에 없다.

"에에잇! 시끄럽다! 그리고 그렇게 무리해서 싸워서 어쩌자는 거냐! 처음 만난 사이지만 충고하자면, 이럴 때는 도망칠 상황을 잘 파악하는 게 중요하다!"

"……그래, 그 말이 맞아. 미안해. 난 아직 미숙해."

쿠에나가 후우 하고 한숨을 내쉬며 불이 잠잠해진 검을 칼집에 넣었다. 피곤해서 그런 거지만, 얼굴에 아쉬움이 남아있었다.

가면을 쓴 남자가 그 모습을 보고, 약간 시간을 두고 말했다.

"그래도 뭐. 전보다는 강해졌군. 실감이 날 거야."

"뭐 그렇지. 덕분에."

"누, 누구 덕분이려나……! 뭐 됐다. 나는 이만 돌아가도록 하지."

"기다려라, 지드."

지드가 서둘러 도망가려 하자 누가 불러 세웠다.

루이나였다.

제일 엮이고 싶지 않은 사람에게 붙잡히고 말았다.

지드는 오랜만에 불쾌한 진땀을 흘렸다.

"무슨 소리인지 모르겠네. 난 지드가 아니니까 어서 돌아가야지~!"

"농담이다. 지금은 가면 군이라 부르도록 하지. 생각지도 않은 도움을 받았군. 하마터면 이 몸이 하찮은 천것에 굴복할 뻔했다."

루이나가 부드러운 웃음을 띠며 말했다. 만약 달리 누군가가 이 광경을 보았다면 루이나가 정말 감사하는 줄 알았을 것이다.

하지만 지드는 달랐다.

"하하, 농담이 지나치시네."

"……왜 그렇게 생각하지?"

"저편에서 다가오는 군대는 뭐고, 또 품에 숨겨둔 수많은 매직 아이템은 어디에 쓸 생각이었지? 내가 오지 않았어도 고작 이런 허술한 계략에 굴복하진 않았겠지."

지드의 대답은 만점이었다.

루이나는 고개를 끄덕이며 숨기지도 않고 말했다.

"네 말대로다. 폰브는 전부터 이미 수상한 움직임을 보이고 있었지. 일이 틀어져도 매직 아이템으로 이곳에서 벗어나면 그만이었다."

루이나가 옷자락에서 새끼손가락 첫마디 정도 크기의 빨갛게 빛나는 둥근 돌을 꺼내 보여주며 말했다.

지드는 속으로 혀를 내둘렀다.

"내가 부른 이들은 전장에 나선 제2군과 제3군이 아니라, 밖에서 대기하던 제6군부터 제10군까지다."

"전장에 2개 군을 보내놓고 배신자를 상대할 때는 넷인가. 가차 없군."

"이건 유이의 데뷔전으로 준비한 전쟁이지만, 배신자를 걸러내기 좋은 기회이기도 하지. 모든 게 손바닥 안에 있는데 어떻게 질수 있겠나."

"모략을 좋아하는구나."

"그래. 하지만 내가 정말 좋아하는 건 계략을 쓰는 게 아니야. 사람 위에 서는 것이지."

루이나가 주먹을 꼭 쥐고 지드에게 내밀었다.

그것은 자신의 굳은 의지를 나타내는 것 같았다.

"그래서, 어떡할 건가? 지금도 계속 제국의 군대가 모이고 있다. 넌 어차피 길드의 의뢰를 받고 여기 왔겠지?"

"응? 아니, 난——."

"아무리 너라도 웨이라 제국의 제0군부터 제10군을 모두 상대하는 건 불가능하겠지. 물론 놓칠 생각도 없다. ——다시 한번 말하지, 웨이라 제국에 와라."

"나는 관심 없다니깐."

"아니, 넌 올 수밖에 없다. ——길드는 곧 이 땅에서 없어질 테니까."

루이나가 자신만만하게 웃으면서 말했다. 지드는 루이나의 말에서 이상할 만큼 확고한 믿음을 느꼈다.

지드의 눈매가 바뀌었다.

"······무슨 뜻이지?"

"하하! 이거 대단하군, 나조차 소름이 돋을 정도라니."

"길드가 없어진다는 게 무슨 뜻이냐고."

지드는 루이나의 말을 가로막으며 물었다.

"······무얼, 웨이라 제국은 곧 인류를 통일할 거다. 그런데 이렇게 사사건건 끼어드는 길드는 내게 눈엣가시일 뿐이거든. 그러니 없앨 거다."

웨이라 제국은 유명한 용병단을 통째로 거두고 있다.

하지만 길드는 개개인이 움직이는 단체라 인재를 빼 올 수는 있어도 조직을 매수하는 건 불가능하다.

그리고 길드는 어디까지나 중립을 표명하고 있다. 게다가 개방적인 길드의 기질에 이끌려서인지 각지에서 양질의 인재가 속속 모여든다.

결과적으로 길드는 루이나의 길에 방해가 될 뿐이다.

전쟁할 때마다 의뢰를 하나하나 내고, 돈을 내고, 아군으로 끌어들이는 답답한 짓은 필요 없다.

쓸데없는 소비다.

그러니 부순다.

단순명쾌하다.

하지만 루이나의 계획에는 오산이 있었다. 눈앞에 있는 남자가 길드에 품고 있는 마음을 너무 가벼이 여겼다.

지드가 어깨에 지고 있던 청년을 내려놓았다.

"──그럼, 지금 여기서 뿌리를 뽑아야겠네."

"이제 정체를 숨길 생각도 없는 건가. 이거야 곤란하군."

루이나는 태연하게 말했지만, 이마에서는 땀이 멈추지 않았다.

지드에게서 엄청난 위압감이 뿜어나오고 있었다. 마치 바닥이 흔들리는 것 같고 누군가가 몸을 짓누르는 듯한 감각. 무언가가 장기와 심장을 짓이기는 듯한 감각.

제국군조차 지드의 위압에 짓눌려 도망치는 병사가 나올 정도였다.

"지, 지드…… 너!"

"저 이야기를 들은 이상 나도 물러설 수 없어. 너희는 전이로 보내줄게."

"'안 돼! 웨이라 제국과 혼자 싸울 생각이야?!'"

실라가 콜록거리면서 흙벽에서 나와 지드를 말렸다.

쿠에나도 실라와 같은 의견이었다. 하지만 이대로 넘길 수 없는 사안이었다.

"폰브를 때린 건 길드의 체면을 지키기 위해서야. 하물며 제국이 길드에 정면으로 맞서겠다면 나도 가만히 보고 있을 이유는 없어."

지드는 위압을 거두고 두 사람에게 타이르는 듯한 부드러운 목소리로 말했다.

"그럼 나도 싸울 거야."

"'나도! 지드랑 같이 싸우고 싶어!'"

"둘 다, 싸우기는커녕 서 있기도 힘들잖아. 무리하지 마."

"아무리 그래도 너 혼자서……!"

쿠에나가 대들었다.

실제로 둘의 체력은 한계에 가까웠다. 쿠에나는 마력이 거의 바닥났고, 실라는 이미 피를 많이 흘렸다.

"괜찮아. 난 지지 않아."

"……우리가 그렇게 미덥지 않아? 네 파티의 일원이 아니냐고……!"

쿠에나가 버려진 고양이 같은 눈으로 눈물을 참으면서 말했다.

지드는 작은 동물을 괴롭히는 듯한 기분이 들어 머리를 가볍게 긁적이며 대답했다.

"아니, 그런 게 아니야. 너희는 이미 충분히 노력했어. 난 뒷일을 같은 파티인 내게 맡기라고 말하는 거야."

쿠에나는 지드의 말이 납득되지 않았다.

마치 모든 게 자신을 설득하기 위해 준비된 대사처럼 느껴졌다.

그걸 알아차린 지드는 이어서 말했다.

"모르겠어? 난 너희를 파티 멤버라고 생각해. 믿음직한 동료로 말이지. 그러니 이 일은 내가 대처할게. 다음에 또 의뢰를 같이 수행하기 위해서."

"……!"

"'지드……!"

같은 파티 멤버로서 인정받고 있다.

그것은 쿠에나와 실라에게 있어서 사무치도록 기쁜 일이었다.

"알겠지? 그럼 먼저 돌아가."

지드가 두 사람의 어깨에 손을 올리고 '전이'라고 말했다.

쿠에나와 실라의 대답에서 지드에게 인정받았다는 기쁨이 스며 나왔다.

"기다릴게."

"'요리 만들고 있을게!'"

두 사람이 각자의 생각을 말로 전했고, 지드는 크제라 왕국의 왕도까지 전이시켰다. 안경을 쓴 청년도 노점의 남자가 있는 곳으로 날렸다.

그리고 지드는 다시 루이나에게 얼굴을 돌렸다.

어느새 유이가 지드를 향해 칼을 겨누고 있었다.

"정말로 싸울 작정인가?"

"당연하지. 그런데 웨이라 제국의 군은 저게 전부인가? 지금까지 10까지는 나왔는데."

"굳이 알 필요가 있나?"

"왜?"

"왜냐니……."

지드의 순수한 목소리에 루이나는 잠시 입을 다물었지만, 이내 곧 순순히 대답했다.

"제15군까지 있다. 즉 네 눈앞에 제국 병력의 약 3분의 2가 있는 거지."

"엄청 많네."

"저 폰브가 배신자를 더 밝혀줄 거라 예상했거든. 결과적으로는 큰 수고 없이 제압해버렸지만."

"그렇군."

지드의 탐지 마법은 제0군부터 제10군까지 진지에 도착한 것을 포착하고 있었다.

좌우의 산들이 각 군단을 나타내는 숫자가 새겨진 군기와 웨이라 제국군을 나타내는 국기로 가득 메워져 있었다.

외길에는 지평선까지 사람이 늘어서 있었다.

"자, 이게 지금부터 네가 상대할 적의 숫자다."

루이나가 양팔을 벌려 압도적으로 말했다. 등 뒤로 전개되는 무수한 병사. 그야말로 모든 것을 지배하는 제왕의 모습이었다.

하지만 지드는 신경도 안 쓰는 모습으로 한 손을 뻗었다.

"이 녀석들을 쓰러뜨린 뒤에도 군단을 다섯 개나 꺾어야 한다니, 귀찮네."

"……이만한 병력을 보고도 그토록 거창한 소리를 할 수 있을 줄은."

"뭐, 일단은."

지드는 엄지와 중지를 맞대며 말했다.

"상대하는 녀석 정도는 내가 고르지."

"하. 설마 1대1을 원하나? 전쟁에 그런 안이한 소리를——."

지드는 루이나의 말을 무시하고 그대로 손가락을 튕겼다.

딱 하고 경쾌한 소리가 울렸다.

별것 없는 소리였지만, 어쩐지 이상할 정도로 귀에 오래 남았다.

그 순간, 루이나는 갑자기 심장이 몸 안에서 짓눌리는 듯한 고통을 느꼈다.

"크윽……!"

루이나가 무심코 왼쪽 가슴을 잡았다.

한순간이라도 방심하면 의식을 잃을 것 같았다. 그렇게 10초 정도 고통이 이어졌다.

"무슨 짓을…… 한 거냐."

고통이 잦아들자 루이나가 어렵게 얼굴을 들었다.

무기질적인 가면을 쓴 지드는 주위를 가볍게 둘러보고 있었다.

"생각보다는 많이 남았네."

"?!"

루이나도 무심결에 일대를 봤다.

산에 있던 군세, 자기 뒤에 있던 군세.

그 군세가 내걸고 있던 국기와 군기의 수가 확연히 반 넘게 줄어들어 있었다.

"……무슨 짓을!"

"루이나 님, 마력이……."

눈앞에 선 유이가 나지막이 중얼거렸다.

루이나는 유이나에게 시선으로 설명을 재촉했다.

"병사의 마력에 간섭하여 강제로 박리. ……그로 인해 쓰러진 병사, 마력 고갈."

"그, 그게 무슨……? 사람이 지닌 마력을 억지로 날려버렸다는 것이냐? 마법도 아이템도 없이 순전히 자기 마력을 부딪쳐서……?!"

그 대단한 루이나도 이해할 수 없는 일이었다.

이런 일이 가능하단 이야기는 들은 적이 없었다. 비슷한 마법이 몇 있지만, 겨우 마력 조작으로 이만한 재주를 부릴 수 있는 사람은 없다.

루이나가 상황을 파악하는 사이, 몇몇이 지드를 향해 달려들었다.

"이 괴물이!"

제2군 군장인 이라츠와 부군장이었다.

곧이어 그들을 따라 다른 군장과 부군장급이 지드에게 덤벼들었다.

"다들 발이 느리네."

하지만 지드는 그들의 공격을 간단히 받아넘겼다.

덤벼든 사람의 반이 땅에 쓰러졌을 때, 루이나가 입을 열었다.

"기다려라! 이제 됐다!"

루이나의 목소리에서 초조함이 묻어났다.

움직임이 딱 멈췄다.

"이만 철수한다. 이 이상 부상자를 내지 마라!"

"하지만……!"

제2군장 이라츠가 원통한 듯 외쳤지만, 더 이상 말이 나오지 않았다.

가면을 쓴 괴물을 쓰러뜨릴 방법이 도무지 떠오르지 않았다.

그의 고개가 자연스럽게 숙여졌다.

하지만 문제는 그게 아니었다.

"착각하지 마라. 누가 보내준다고 했지?"

지드는 냉담하게 말했다.

"봐줄 생각도 없다는 건가."

"당연하지. 길드에 선전포고를 한 건 너희잖아. 봐줄 이유는 없어."

입장이 완전히 바뀌었다.

루이나가 지드를 향해 돌아섰다.

"길드는 단순한 중개 조직이 아닌가! 왜 그렇게 편을 드는 거지?"

"너희가 보기에는 내 선택이 이해되질 않겠지. 그런데 나는 길드에 은혜가 있어서. 누군가 가로막는다면 그저 난 마지막까지 의리를 지킬 뿐이야."

"그에 관해서는 잘 알고 있다. 구 왕국 기사단의 가혹한 노동환경에서 빠져나왔다지? 하지만 그게 어쨌다는 거냐? 가능성을 보아 기사단에서 인재를 빼 왔을 뿐이 아닌가! 길드는 널 구한 게 아니다. 이용하기 위해 발탁했을 뿐이다."

살아남고 싶어서 말하는 게 아니었다.

그것은 루이나의 진심이었다.

즉, 그녀는 지드를 권유하고 있었다.

조직으로서 올바른 행위다.

"그래, 알고 있어. 그게 진실이겠지. ……그래도 말이야, 난 그때까지 사람의 은혜라는 걸 한 번도 느껴본 적이 없었어."

"……뭐?"

"마물에게 쫓겨 죽을 뻔하고, 기사단에 혹사당해 부서질 뻔하고…… 내가 무엇 때문에 살아있는지 생각한 시기도 있었지. 길드가 처음이었어, 날 인간으로 대우한 건. 그러니 길드가 어떤 의도였건 상관없이 보답하고 싶은 거야."

그 또한 지드의 진심이었다.

그것은 인간으로서 올바른 행위라고도 할 수 있다.

지드의 솔직한 말에 루이나가 웃음을 지었다.

"훗. 신도에서 만났을 때부터 절실하게 생각해. ……널 누구보다 빨리, 가장 먼저 찾은 게 나였다면, 하고."

루이나가 지드에게 다가갔다.

그 행동에 적의는 없었다.

마침내 서로에게 접촉할 수 있는 거리까지 다가가 루이나가 지드의 가면을 반만 벗겨냈다.

갑자기 루이나가 얼굴을 가까이 대고—— 입술을 맞췄다. 키스였다.

"!!!!???"

그 광경을 보고 있던 일대의 사람들이 숨을 죽였다.

바람이 대지를 쓰다듬는 소리밖에 들리지 않았다.

사람과의 교류에 서투른 지드가 느끼기에는 영원 같은 시간.
그 시간은 루이나가 떨어짐으로써 움직이기 시작했다.

"——제국에 인재를 위한 자리는 얼마든지 있다. 하지만 너는
그 모든 자리를 합쳐도 부족한 것 같군. 그러니 제왕의 자리를
주마."

"……제왕?"

지드는 아직 당황한 상태라 머리가 돌아가지 않았다.

그저 그녀의 말을 앵무새처럼 따라 대답했다.

"그래, 제국을 통치하는 왕의 자리 말이다. 옆은 당연히 나의
자리지만, 원한다면 얼마든지 첩을 들여도 좋다. 길드에서 나와
날 따라와라."

"……."

가면을 쓰고 있는 지드의 표정은 누구도 알 수 없었다.

침묵이 자리를 차지했다.

"후후, 바로 정하라고는 하지 않겠다. 다음에 대답을 듣도록
하지."

루이나가 그렇게 말하며 발길을 돌렸다.

하지만 지드는 아직 아무것도 상황이 정리되지 않았다는 걸 잊
지 않았다.

"자, 잠깐! 길드는——!"

"——철회하마. 너를 위해 길드는 건들지 않겠다. 그러니 이번
일은 눈감아줘라. 그대도 미래의 신부와 나라를 잃고 싶지는 않

겠지?"

루이나가 대담하게 웃었다.

그 책사 같은 모습에 지드도 어떻게 반응해야 할지 알 수 없었다. 그렇다기보다는 아직 키스의 충격에서 벗어나지 못했다.

그리고 피폐해진 제국군은 움직이지 않는 지드를 경계하면서 철수를 시작했다.

◇

"이봐요, 거기 가면!"

전장에서 멍하니 있던 나에게 누가 말을 걸었다.

문득 뒤를 돌아보니 아는 얼굴이 있었다.

"……슬리퍼."

"왜 신발 이름이 튀어나오는 건가요! 위그라고요, 위그. 그보다 역시 지드 형님이었군요! 그만한 활약……! 역시 대단했어요!"

"아니…… 난 지드가 아냐."

"앗, 그랬죠. 유이 씨와 같은 파티라서 정체를 밝힐 수 없다고 했죠."

위그가 미안하다는 듯이 말했다.

전과는 분위기가 달라진 것 같은데…… 그리고 눈치가 상당히 빠르네.

하지만 어느 것도 인정할 수 없는 노릇이라 일부러 반응하지 않았다.

"근데 왜 오신 건가요? 지드 형님 덕분에 어떻게든 위기를 넘기기는 했지만. 설마 그렇게까지 강할 줄은 상상도 못 했다고요!"

"……응. 이유 같은 건 없어."

"또 그러신다. 나라를 구해주셨으니 보수는 얼마든지 부르세요! 나라의 보물창고는 전쟁을 치르면서 텅 비어버렸지만…… 반드시 값을 치를 테니까요!"

"아니, 진짜 괜찮아."

보수 따위는 관심 없다.

빨리 돌아가는 게 최우선이다. 오래 머물러서 정체가 탄로 나는 상황만큼은 피하고 싶다. 아니, 이미 어지간한 사람들은 알아차린 것 같지만.

내 연기가 그렇게 어설펐나…….

"아, 물건이 아니군요! 그럼 뭔가요? 자원을 발굴할 수 있는 토지 같은 건가요? 하……! 아니면 제 여동생 아이시아……?! 아, 아무리 지드 형님이라도 안 된다고요!"

"넌 무슨 착각을 하는 거냐."

"확실히 아이시아가 성에서 지드 형님의 모습을 봤을 때 '멋져……' 하고 중얼거리긴 했지만! 그건 제가 그건 용납할 수 없어요!"

"아니라니까. 난 이제 돌아간다."

"도, 동생도 아니라면…… 나?! 마, 말도 안 돼! 하지만 이 이상

내어 줄 것이……! 헉! 동성결혼으로 왕좌에 앉아 문화에 관대하고 자유로운 나라를 목표로 삼으려는 계략인가!!"

위그는 아무래도 망상벽이 있는 것 같아 내버려 두기로 했다.

전이, 라고 말하자 시야가 바뀌었다.

제4화 키스의 여파

전이로 돌아온 나는 내 잘못을 고백하기 위해 순순히 길드 마스터실로 걸음을 옮겼다.

친한 아저씨를 돕기 위해 웨이라 제국의 전쟁에 끼어들고 말았다. 심지어 연기가 너무 서툰 탓에 정체가 전부 들통났다.

사람과 제대로 이야기해본 적도 없으면서 서툴기 짝이 없는 거짓말을 한 게 문제였다.

"――그렇게 됐어. 이상한 짓 해서 미안해."

"딱히 상관없네. 근데 왜 그렇게 태도가 정중한가?"

"어, 괜찮아?"

리프가 시원스럽게 말했다.

오히려 '왜 그런 반성을 하고 있나?'라며 의아해했다.

"만약 의미도 없이 길드의 간판을 등에 업고 웨이라 제국과 대립했다면 그야 문제가 있었겠지. 하지만 그대는 의뢰라는 정당한 목적이 있지 않았나."

"아니, 그걸로는 내가 전장에 끼어든 걸 설명할 수가……."

"그건 쿠에나와 실라를 구하기 위해서 아닌가? 그리고 카리스마 파티의 일원인 유이도 구했지. 아닌가?"

"그래. 그러니까 의뢰는 아닌데."

"동료를 구하려고 한 자를 어찌 나무랄 수 있겠나. 애초에 의뢰를 수행하는 과정에 일어난 일이니 무슨 말이든 할 수 있네. 신경 쓰지 말게나."

"……미안."

"하지만 딱 한 가지. 이런 일이 있으면 나와 먼저 상담하게나. 이 몸과 길드는 그대의 적이 적이 아니야. 특히 자네는 S랭크이고 중요한 파티에 소속되어 있네. 무슨 일이 있으면 사정을 봐줄 것이고 도와줄 것이야."

리프가 자신만만하게 웃었다.

이 꼬맹이, 너무 믿음직해……!

"그런데 이렇게 되면 그 소문 속 가면을 쓴 남자도 지드가 되는데……."

"응? 무슨 소리야?"

아무래도 리프의 귀에는 스틸비츠의 소식이 들렸던 모양이다. 방금 일어난 일인데도 불구하고 소식이 빨랐다.

어째 사정을 알고 있는 듯했다.

"여제가 '제왕'을 선택했다고 벌써 화제가 되었어. 제국군의 제0군부터 제10군까지 물리친 괴물이라는 것도."

"어. 그게 기사가 나왔어?"

황급히 모험가 카드를 확인했다.

하지만 리프가 고개를 저어 부정했다.

"그 전장에서 기록을 남기는 여유 있는 자 따위는 없네. 어디까지나 소문이야."

"그렇구나."

"크흐흐, 과연 이 몸도 제왕의 지위를 대신할 만한 조건은 낼 방법이 없군. ……그대를 여기서 보는 것도 오늘이 마지막인가."

리프가 뭔가 납득한 듯한 모습으로 말했다.

마지막……?

설마 내가 웨이라 제국에 간다고 생각하는 건가?

"아니, 난 길드에 있을 건데?"

"……응? 아니, 웨이라 제국의 제왕이 어떤 자리인지 모르는 건가? 산하의 나라들이 수상한 움직임을 보이긴 해도 제국은 차원이 다른 국력을 지니고 있네."

"알고 있어, 이것저것 배우고 있으니까."

난 의뢰가 없을 때는 길드의 도서관에 가기도 한다. 그저 한가한 시간을 놀리고만 있는 게 아니다.

"그런데도 안 간다고?"

"나는 길드가 더 편하니까. 적어도 내 마음이 바뀌지 않는 동안에는 길드에 있을 거야."

"크흐흐, 이상한 녀석이군. 다른 녀석들은 제국이 스카우트 제의를 할 때마다 모두 떠나갔는데 말이야."

"아아, 그러고 보니 이래저래 빼앗겼지."

"그래. 지금 보니 그대가 사랑스럽게 느껴지는구먼."

리프가 커다란 눈동자로 나를 봤다.

왠지 쑥스럽다.

"마음이 바뀌지 않는 동안일 뿐이야. 나도 조만간 스카우트 될지도 모른다고."

"물론 그런 일이 없도록 노력할 것이네. 그리고 딱 한 번이라도 거절해준 게 기쁘네. 그뿐이야."

"……그러냐."

리프가 솔직하게 감정을 토로했다.

왠지 처음으로 속마음이 엿보인 듯한 느낌이 들었다.

"그건 그렇고, 여기 남는다면, 자네 큰일 난 거 아닌가?"

"뭐가?"

갑작스러운 화제전환이다.

많은 말이 생략되어 짐작 가는 곳이 없어 고개를 갸웃거렸다.

"말했잖나, 여제와 키스한 현장을 목격당한 데다가 소문이 퍼지고 있다고. 지금쯤 쿠에나에게도 정보가 갔겠지. 그 녀석에게는 정보통이 여럿 있으니 말이야."

"하하하……. 이따가 쿠에나네 집에 가서 실라가 만든 밥을 먹기로 약속했는데……."

"큰일이겠구먼."

매번 있는 일이지만 리프가 히죽거리며 다른 사람 일인 것처럼 웃었다.

"휘말리는 사람도 생각해줘……."

"말은 그렇게 하지만, 싫지는 않지?"

"뭐, 싫지는 않아."

리프의 날카로운 말에 수긍했다.

호의를 가져준다는 것. 그 일에 마음이 따뜻해지는 느낌을 받았다. 게다가 그런 미녀와 미소녀가 호의를 가져준다.

누가 싫어할 수 있겠나.

"그렇다면 받아주는 것 또한 남자의 책무이지. 힘내거라."

리프가 엄지를 척 세웠다.

좋은 말을 해주는 것 같은데, 즐거워 보이는 소녀는 역시 어딘지 밉살스러웠다.

"아아, 그리고 말이야. 카리스마 파티에 의뢰가 있네."

"의뢰?"

"음, 이번에는 길드에서 주는 의뢰라네."

"길드가? 어떻게 된 일이야?"

"지금까지 유명한 A랭크 파티와 S랭크 파티마저도 실패한——엘프 지부에서 온 의뢰라네."

리프가 의뢰서를 꺼내면서 말했다.

"아아, 그게 의뢰라면 받을게."

난 그 의뢰를 자연스럽게 받아들였다.

구 왕국 기사단이었으면 마지못해 일을 받았을 것이다.

하지만 지금은 낙이 되었다. 확실하게 좋다고 말할 수 있을 정도로.

◇

왕도의 노른자 땅에 있는 빨간 지붕의 집.

문을 노크해 안에 있는 주민을 불렀다.

"네~."

안에서 목소리가 돌아왔다.

문이 열리자 쿠에나가 이쪽을 봤다.

루이나와 키스했다는 소문을 들었을지도 모른다는 일말의 불안이 스쳐 지나갔다.

하지만 예상과는 달리 쿠에나는 웃으며 맞이해주었다.

"어서 와. 실라가 벌써 요리를 만들었어."

"어…… 어어. 다친 곳은 괜찮아? 오늘은 인사 정도만 하고 가려고 했는데."

"무슨 소리야. 그 정도로 뻗으면 네 특훈 같은 걸 따라갈 수 있을 리가 없잖아."

아무래도 루이나의 정보는 쿠에나의 귀에 들어가지 않은 듯하다. 예상 밖의 응대에 약간 당황하면서도 쿠에나의 안내를 받아 집으로 들어갔다.

안에는 식욕을 돋우는 향이 감돌고 있었다.

청결한 현관과 복도를 지나 식탁이 있는 거실에 도착했다.

자리는 네 개가 있지만, 접시는 세 개다. 국이 먼저 차려져 있었다.

실라가 먼저 앉아있었고 싱글싱글 웃으며 이쪽을 보고 있었다.

"수고했어. 자, 먹자."

"어어. 맛있겠네."

쿠에나도 미리 정해져 있는 것처럼 자신의 자리에 앉았다.

정위치는 누구에게나 있는 법이다.

나도 자연스럽게 빈자리에 앉았다.

접시에는 하얀 수프가 있었다.

옆에는 따끈따끈한 빵도 놓여있었다.

다만…… 쿠에나와 실라의 수프는 연갈색 버섯 수프였다.

"뭔가 내 것만 다르지 않나?"

"……시, 시간을 둬서 그런 게 아닐까?"

실라가 눈을 이리저리 돌리며 휙~ 하고 휘파람을 불었다.

어째 나와 시선을 맞추지 않았다.

"너 거짓말 엄청 못 하네…… 스틸비츠 왕국에서 본 지드 같아."

"무, 무슨 소리일까? 지드는 계속 집에 있었어……!"

"그, 그렇게까지 연기가 서투르진 않았잖아!"

"나 그렇게 못 했어?!"

"둘 다 스스로 거짓말이라고 밝히고 있잖아……. 좀 진지하게 걱정되는데."

쿠에나가 이마를 짚었다.

그건 그렇고…….

"내 수프에 뭐 들었어?"

"윽, 그건…….."

실라의 말문이 막혔다.

가르쳐주고 싶지 않은 모양이다.

옆에 앉은 쿠에나에게 물어보려고 시선을 보냈다.

"글쎄~. 네가 루이나와 키스했다는 말을 듣고 메뉴를 바꾼 것 같은데?"

"윽. 알고 있었어?"

"당연하지. 수수께끼의 가면이 웨이라 제국을 격퇴했을 뿐만 아니라 여제의 키스를 받고 제왕의 지위를 약속받았다. 이 정도로 열광적인 화제는 드물지."

"……대단한 정보망이네."

"A랭크면 이 정도는 당연해. 정보통은 몇 개나 가지고 있는걸."

쿠에나가 태연하게 말했다.

어, 난 그런 정보통 같은 거 없는데?

"으으으으으으으으! 나도 지드랑 키스한 적 없는데! 됐으니까 수프 먹어!"

"아, 알았어."

실라가 졸라대서 숟가락을 들고 수프를 떴다.

감촉이나 냄새는 맛있을 것 같다.

뭐…… 모처럼 만들어줬다. 버리지는 않을 것이다.

숟가락을 입까지 가져가 먹었다.

쿠에나가 그걸 보고 실라에게 물었다.

"그런데, 나도 뭐가 들었는지 모르겠는데? 대체 뭘 넣은 거야? 설마 독은 아니겠지?"

"그럴 리가 없잖아! ……약간 생각하긴 했지만, 그랬으면 내 수프도 같은 색이었을걸."

"새, 생각했어?! 널 위험하다고 생각하긴 했는데 중증 수준이 아닌데?! 게다가 그거 동반자살이잖아!"

불온한 대화가 들렸다. 맛은 있는데 무섭다.

"응. 맛있네."

"괘, 괜찮아? 난 수프를 안 먹고 싶어졌는데……."

쿠에나가 불안하게 나를 봤다. 수프와 실라에게서 거리를 두고 있었다. 질려버린 모양이다.

하지만 그런 그녀와는 달리 나는 아무렇지도 않았다.

"특별히 이상은 없어. 오히려 더 먹고 싶을 정도야."

빵도 같이 먹으면서 수프를 먹었다.

전투로 인한 배고픔도 있어서 내 접시는 금방 비어버렸다.

"므흐흐~, 어때? 역시 노점보다 내 요리가 더 맛있지!"

실라가 만족스러운 듯이 자신만만하게 끄덕였다.

쿠에나도 마지못해 수프를 먹기 시작했다. 금방 표정이 풀어지고 맛있게 먹었다.

"아아, 정말이네. 맛있어."

"쿠에나 것에는 아무것도 안 넣었으니까 경계 안 해도 되는데."

"······그런 말이 나오는 것부터가 무서워. 확실히 말해서 비정상인이 되기 직전이야······."

"잘 자제하고 있어. 지드는 제외지만."

그렇게 말하면서 실라가 일어섰다.

그리고 내 옆에 서더니 무릎을 굽혀 나와 시선을 맞췄다.

긴 속눈썹이 닿는 거리까지 얼굴을 가까이 댔다.

"므흐흐. 지드는 내가 좋아서 참을 수 없게 된다! 지드는 내가 좋아서 참을 수 없게 된닷!"

"······뭐 하는 거야?"

"헷헷헤. 미리 알려주자면 지드의 수프에는 최면 효과가 있는 풀을 넣었어!"

"그거 효과 있어? 대부분은 수상한 엉터리뿐인데."

"사검 씨의 시대부터 있던 약초라는데 효과가 끝내준대! 이때를 위해 따왔어! 비경에 있어서 힘들었지만."

"즉 사검이 범인이네······."

"그런 거야! 바로 할머니의 지혜지!"

'잠깐만. 누가 할머니라고?'

그런 대화가 들리는 가운데.

실라가 달아오른 얼굴로 날 다시 바라봤다.

"자, 지드는 참지 못해서 나를 덮친다. 덮친다~!"

실라가 기운차게 말했다.

하지만.

"……."

"…………."

"……."

"……——아니, 아무런 효과도 없는데?"

'이럴 수가! 마왕도 속수무책이었다는 전설이 있는 최면초인데!'

분위기와 두르고 있는 마력이 바뀌고 사검에 쐰 실라가 놀라면서 말했다.

하지만 나와 쿠에나는 알고 있었다.

"내 몸은 독이나 이상을 일으키는 것도 어느 정도 소화할 수 있으니까."

"예상했던 전개네. 지드라는 야생아를 얕봤어."

"이럴 수가~…… 내 계획이 물거품이 됐어……."

"애초에 넌 내 집에서 뭘 하려고 한 거야……."

쿠에나가 민폐라는 듯이 찡그린 얼굴로 말했다.

하지만 실라도 의견이 있는지 가지런한 눈썹을 치켜올렸다.

"쿠에나는 괜찮아?! 언니한테 선수를 뺏겼다고!"

"서, 선수를 뺏겼다니……!"

쿠에나가 얼굴을 수치로 물들이면서 나를 봤다.

이어서 실라도 내 쪽을 봤다.

"지, 지드는 나랑 쿠에나에 대해서, 어떻게 생각……——!"

"실례."

그때 갑자기 실라의 말을 가로막고 위에서 유이의 목소리가 들려왔다. 위를 보니 유이가 천장에 매달려 있었다. 검은 머리카락과 군복에 억압되어 있으면서도 자기주장이 강한 가슴이 중력을 따르고 있었다.

"히익! 유, 유이 씨! 용건이 뭐야!"

실라가 움츠러들면서도 위협했다.

하지만 유이는 전혀 신경 쓰지 않고 내 뒤에 내려섰다.

"지드. 의뢰."

"아아, 엘프 건 말이지? 다친 데는 괜찮아? 나중에나 합류할 줄 알았는데."

"응. 마력은 미묘."

"그것 외에는 정상이라는 거네. 좀 더 말을 하라고⋯⋯."

엘프 지부에서 온 의뢰를 함께 받기 위해 왔을 것이다.

불법침입이지만 개의치 않는다. 역시 제멋대로다.

"으으⋯⋯ 스틸비츠에서의 싸움을 여기서 계속할래?! 쿠에나! 전투준비!"

"그러니까 내 집에서 무슨 짓을 하려는 거야?!"

"지드, 빨리."

"짜증 나~! 무시하다니 가당찮은 짓을! 각오해라~!"

"아~, 진짜! 여기 내 집이라니깐!"

"방해."

세 사람의 싸움이 다시 시작되었다.

일단 나는 부엌에 들러서 수프를 한 그릇 더 받았다. 맛있다.

후기

안녕하세요, 지오입니다.
2권을 사주셔서 감사합니다.

이야~.

이번에도 유우야 선생님의 미려한 일러스트가 빛나고 있네요!
대들보 같은 담당 편집자님의 세세하고 적확한 수정 지도에는 머리가 절로 숙여집니다!
　그리고 다가오는 만화판의 연재 스타트……! 정말 기대되네요~!

　실은 만화판을 원작자의 특권(?)으로 확인(?)해서 먼저 봤는데, 굉장히 재밌었습니다~!
　제1화의 스토리는 원작에는 없었던 악덕 기사단에서의 지드와 실라의 이야기를 더 파고듭니다! 템포 등의 문제로 원작에서는 생략했지만, 굉장히 설득력이 있어서 읽는 맛이 끝내줬습니다!
　작화도 박력이 있어서 정말 재밌었습니다!

　여러분도 꼭 한 번 보세요~!
　그리고 제본 판매에 종사해주신 여러분도 정말 감사합니다!

마지막으로 이 책을 사주신 독자 여러분께 깊은 감사를!

지오

악덕 기사단의 노예가 착한 모험가 길드에 스카우트 되어 S랭크가 되었습니다 2

2022년 04월 15일 1판 1쇄 발행

저　　　자 지오
일 러 스 트 유우야
옮 긴 이 박정철
발 행 인 유재옥
본 부 장 조병권
편 집 1 팀 김혜연 박소연
편 집 2 팀 박치우 정영길 조찬희
편 집 3 팀 곽혜민 오준영 이해빈
라이츠담당 이승희 한주원
디 지 털 김지연 박상섭 이성호 최서윤
미　　　술 김보라 박민솔
발 행 처 ㈜소미미디어
인쇄제작처 ㈜코리아피엔피
등　　　록 제2015-000008호
주　　　소 서울시 마포구 토정로222, 403호 (신수동, 한국출판콘텐츠센터)
판　　　매 ㈜소미미디어
마 케 팅 박종욱
전　　　화 (02)567-3388, Fax (02)322-7665

ISBN 979-11-384-0863-9
ISBN 979-11-384-0731-1 (세트)